XAVIER DE MONTÉPIN

Simone & Marie

I

LA NUIT SANGLANTE

PARIS. — E. DENTU, ÉDITEUR, PALAIS-ROYAL

SIMONE & MARIE

I

LA NUIT SANGLANTE

LIBRAIRIE DE E. DENTU, EDITEUR

OUVRAGES DU MÊME AUTEUR
Collection grand in-18 jésus à 3 francs le volume

LE MARI DE MARGUERITE, 13ᵉ édition. . . . . 3 vol.
LES TRAGÉDIES DE PARIS, 7ᵉ édition. . . . . 4 —
LA VICOMTESSE GERMAINE, 7ᵉ édition . . . . . 3 —
LE BIGAME, 6ᵉ édition. . . . . 2 —
LA MAITRESSE DU MARI, 5ᵉ édition. . . . . 1 —
LE SECRET DE LA COMTESSE 5ᵉ édition. . . . . 2 —
LA SORCIÈRE ROUGE, 4ᵉ édition. . . . . . . 3 —
LE VENTRILOQUE, 4ᵉ édition. . . . . . . 3 —
UNE PASSION, 4ᵉ édition. . . . . 1 —
LA BATARDE, 3ᵉ édition. . . . . 2 —
LA DÉBUTANTE, 3ᵉ édition . . . . 1 —
DEUX AMIES DE SAINT-DENIS, 4ᵉ édition. . . . . 1 —
SA MAJESTÉ L'ARGENT, 5ᵉ édition. . . . 5 —
LES MARIS DE VALENTINE, 3ᵉ édition. . . . . 2 —
LA VEUVE DU CAISSIER, 3ᵉ édition . . . . . 2 —
LA MARQUISE CASTELLA, 3ᵉ édition. . . . . . 2 —
UNE DAME DE PIQUE, 3ᵉ édition. . . . . 2 —
LE MÉDECIN DES FOLLES, 4ᵉ édition . . . . . . 5 —
LE CHALET DES LILAS, 3ᵉ édition. . . . . . 2 —
LE PARC AUX BICHES, 3ᵉ édition. . . . . . 2 —
LES FILLES DE BRONZE, 3ᵉ édition . . . . . 5 —
LE FIACRE Nº 13, 4ᵉ édition. . . . . 4 —
JEAN-JEUDI, 3ᵉ édition. . . . . 2 —
LA BALADINE, 3ᵉ édition. . . . . 2 —
LES AMOURS D'OLIVIER, 3ᵉ édition . . . . . 2 —
SON ALTESSE L'AMOUR, 3ᵉ édition . . . . . 6 —
LA MAITRESSE MASQUÉE, 3ᵉ édition. . . . . . 2 —
LA FILLE DE MARGUERITE, 3ᵉ édition . . . . . 6 —
MADAME DE TRÈVES, 3ᵉ édition . . . . . . 2 —
LES PANTINS DE MADAME LE DIABLE, 3ᵉ édition. . . 2 —
LA MAISON DES MYSTÈRES, 3ᵉ édition. . . . . . 2 —
UN DRAME A LA SALPÊTRIÈRE. . . . . 2 —

SOUS PRESSE :

LE DERNIER DUC D'HALLALI.
L'ŒIL DE CHAT.
LES FILLES DU SALTIMBANQUE.

F. Aureau. — Imprimerie de Lagny.

XAVIER DE MONTÉPIN

SIMONE & MARIE

I

LA NUIT SANGLANTE

PARIS

E. DENTU, ÉDITEUR

LIBRAIRE DE LA SOCIÉTÉ DES GENS DE LETTRES

PALAIS-ROYAL, 15-17-19, GALERIE D'ORLÉANS

1883

SIMONE & MARIE

PREMIÈRE PARTIE

LA NUIT SANGLANTE

I

Le 20 décembre 1877, à huit heures du matin, le thermomètre de l'ingénieur Chevalier indiquait six degrés au-dessous de zéro.

Le vent soufflait du nord-est avec une certaine violence, le temps était sombre et couvert.

Une légère couche de neige, tombée pendant la nuit, blanchissait les toits des maisons de Paris et craquait sur les trottoirs sous les pieds des passants.

L'état du ciel et de légers flocons errant dans l'atmosphère semblaient annoncer que cette couche s'épaissirait bientôt.

Huit heures du matin, en plein hiver, c'est le moment où les ouvriers vont à leur travail.

Cinq gaillards marchant d'un bon pas, les mains dans les poches, la casquette sur les yeux, le bas du visage garanti par d'amples cache-nez de laine, entraient au cimetière du Père-Lachaise par la porte faisant face à la rue de la Roquette : — *La grande entrée*, comme disent les employés des pompes funèbres.

A la longue blouse blanche passée sur les vêtements de ces hommes on les reconnaissait du premier coup d'œil pour des ouvriers maçons ou marbriers.

Devant la porte, un gardien grelottant et piétinant, quoiqu'il fût protégé contre le froid par un épais manteau à double collet, surveillait deux employés qui, sous sa direction, balayaient la neige de la chaussée et jetaient du sable sur le pavé pour éviter des accidents.

En voyant arriver les cinq ouvriers, le gardien se mit à rire.

— Comment vous voilà ! — s'écria-t-il. — Est-ce qu'on travaille aujourd'hui, Cabirol?

Les hommes s'arrêtèrent, et celui que le gardien venait d'interpeller sous le nom de Cabirol répondit :

— Travailler d'un temps pareil, monsieur Pascal? — Ça ne serait pas à faire! ah! non, par exemple!! — Le ciment gèlerait dans l'auge, et le ciseau resterait collé aux doigts.

— Alors, que diable venez-vous chercher par ici?...

— Nous venons étendre des paillassons sur les travaux et mettre les outils à l'abri... — La neige tombera dru tantôt.

— Allez, mes braves... — moi j'ai l'onglée et je rentre me chauffer un brin en attendant l'arrivée des premiers convois.

Le gardien donna quelques ordres aux balayeurs qui continuaient la besogne en s'arrêtant toutes les trois secondes pour souffler sur leurs doigts, puis il regagna sa loge chauffée outre mesure par un petit poêle de fonte bourré de charbon de terre et ronflant ainsi qu'une énorme toupie.

Les ouvriers reprirent leur marche.

Tout le monde connaît le cimetière du Père-

Lachaise, cette grande nécropole désignée par les *Guides du voyageur* comme une des principales curiosités de Paris.

Qui n'a visité ce champ du repos divisé, par des grilles de fonte ou des palissades de bois, en compartiments innombrables dont chacun renferme un tombeau?

Qui n'a curieusement étudié ces monuments funéraires plus ou moins vastes, plus ou moins riches, ornés d'inscriptions, de larmes, de devises, d'emblèmes ou d'armoiries, monuments de tous les styles, les uns simples et touchants, les autres prétentieux jusqu'au ridicule?

Autour des tombeaux beaucoup d'immortelles, des fleurs vivaces ou fanées, des lierres sombres, des ifs au feuillage mélancolique, des arbustes de toute sorte s'entremêlant et formant des massifs.

Le Père-Lachaise, sous la couche de neige tombée pendant la nuit, était singulièrement pittoresque et mélancolique.

Un linceul d'une blancheur immaculée couvrait le séjour de la mort.

Les arbres dépouillés de leurs feuilles étendaient au-dessus des tombes leurs branches appesanties par le givre.

Un grand silence régnait dans l'enceinte du cimetière.

Les rouges-gorges, les rossignols de muraille et
les roitelets, les plumes hérissées, voltigeaient sans
pousser un cri parmi les arbres à feuillages persis-
tants, ou bien exploraient les lierres des tombes,
cherchant les larves cachées et les insectes engourdis.

A cette heure matinale pas un promeneur n'ar-
pentait les avenues ; pas un être vivant ne venait
s'agenouiller et prier devant un tombeau...

Nous nous trompons...

Il y en avait un... un seul.

C'était un homme de cinquante ans environ qui
venait d'arriver, une couronne à la main, et qui
suivait la grande allée conduisant à la chapelle
située tout en haut du cimetière.

Cet homme, de moyenne taille, avait la partie inférieure du visage enfouie dans un cache-nez à
petits carreaux blancs et noirs.

Un chapeau bas de forme et à larges ailes jetait
son ombre sur les joues.

Le personnage qui nous occupe portait un large
pardessus doublé et garni de fourrures.

Il marchait lentement et s'arrêtait de temps à

autre pour jeter un regard scrutateur autour de lui.

Les cinq ouvriers que nous avons vus faire une courte halte près de la grille d'entrée en échangeant quelques mots avec le gardien, avaient pris l'allée de droite, celle qui passe devant le tombeau célèbre d'Abélard et d'Héloïse.

Ils la suivirent jusqu'au rond-point qu'occupe le monument de Berryer dominé par la statue de l'illustre avocat.

A partir de là les terrains s'abaissent, et plusieurs allées se greffant sur le rond-point rayonnent vers les profondeurs du cimetière.

Au lieu de longer une de ces allées nos cinq marbriers gravirent un petit escalier taillé en plein talus au milieu des tombes étagées, et gagnèrent un sentier pratiqué entre des sépultures.

Ils se trouvaient dans la dix-neuvième division.

L'homme que le gardien avait nommé Cabirol était le contremaître de la maison pour laquelle ses compagnons travaillaient.

Il marchait en tête et les autres suivaient à la file indienne.

Brusquement il s'arrêta en face d'un grand tombeau de style gothique dont une porte de bronze, trouée seulement d'un trèfle à hauteur d'homme,

fermait l'entrée, et il fit entendre une sourde exclamation.

— Qu'est-ce qu'il y a ? — demanda l'ouvrier qui
venait immédiatement derrière lui.

Le contremaître étendit la main vers le sol.

— Regarde... — dit-il d'une voix émue.

Une large tache d'un rouge sombre souillait la
neige à ses pieds.

— Tonnerre ! — reprit l'ouvrier, — qu'est-ce que
c'est que ça ? — On croirait du sang.

— Et on aurait raison de le croire... — répliqua
vivement Cabirol ; — c'est du sang... — Mais, d'où
vient-il ?

Un troisième ouvrier s'était rapproché de la porte
du tombeau.

— Ça vient de là dedans ! ! — s'écria-t-il en désignant le seuil de marbre noir où se voyait une
traînée de sang coagulé.

— Qu'est-ce que ça signifie ? — murmurèrent
deux ou trois hommes.

— Je veux bien que le diable m'emporte si je
m'en doute, mais nous allons tâcher de le savoir.

Cabirol, qui venait de parler, se haussa sur la
pointe des pieds et approcha ses yeux du trèfle
pratiqué dans la porte de bronze.

— Voyez-vous quelque chose? — demandèrent des voix curieuses.

— Non, rien...

— Ça sort bien de là, cependant.

— Oui, mais d'où je suis je n'aperçois que la muraille d'en face... peut-être d'un autre côté y aurait-il moyen...

— Cherchons...

En disant, ce qui précède les ouvriers se mirent à faire le tour du monument.

Ce monument, assez élevé et de dimensions imposantes, occupait un espace superficiel de vingt-huit ou trente mètres carrés.

Les murailles latérales étaient, ainsi que la porte, percées de trèfles à jour, mais ces trèfles se trouvaient à une trop grande hauteur pour qu'il fût loisible d'y atteindre, eût-on la stature d'un géant.

Il était possible d'ailleurs, et même facile, de tourner la difficulté.

— Faites-moi la courte échelle, — commanda Cabirol.

Un des hommes que la curiosité surexcitait s'empressa de s'adosser à la muraille, et joignit ses mains sur ses cuisses.

Le contremaître posa le pied gauche sur cette

échelle improvisée et, se hissant par une impulsion vigoureuse, atteignit le trèfle dont il saisit l'un des ornements en relief, se maintint debout à un mètre d'élévation, et passa sa tête par l'ouverture.

On l'entendit pousser une sourde exclamation.

Il se rejeta vivement en arrière et retomba sur le sol, pâle comme un mort; ses lèvres tremblaient; son visage exprimait l'effroi.

Les ouvriers l'entourèrent aussitôt et, à la vue de son effarement manifeste, se sentirent pris d'une épouvante instinctive.

La peur est au plus haut point communicative.

Ils avaient peur sans savoir pourquoi.

L'un d'eux demanda d'une voix mal affermie:

— Enfin, voyons, qu'est-ce qu'il y a là dedans?

— Une femme... — répondit Cabirol.

— Une femme?... — répétèrent les quatre ouvriers.

— Oui.

— Vivante?...

— Morte!... Assassinée!...

Ce dernier mot surexcita jusqu'au paroxysme l'émotion et la terreur.

Les hommes jetaient autour d'eux des regards

1.

inquiets, comme si quelque péril invisible les avait menacés.

Cabirol fut le premier à reprendre son sang-froid.

— Vite! vite! — dit-il, — Il faut tirer au clair cette effrayante histoire où je ne vois goutte; mais d'autres yeux, peut-être, y verront mieux... — Que l'un de vous aille prévenir le conservateur... — Nous resterons là, en l'attendant...

— J'y vas... — répondit le plus jeune des ouvriers.

Et il prit sa course pour se rendre chez le conservateur dont les bureaux se trouvent à droite de la grande entrée, près du cimetière des juifs.

Il allait d'un si bon train, les coudes au corps, ménageant son haleine, qu'en moins de cinq minutes il atteignit sa destination.

Tout en courant il se répétait :

— Quelle aventure, mon bon Dieu!! quelle aventure!!

II

Les trois ouvriers et le contremaitre battaient
la semelle en face de la porte de bronze, en attendant le retour de leur camarade en compagnie du
conservateur.

— Une femme assassinée là dedans ! — dit l'un
d'eux, — ça n'est pas facile à comprendre !

— Comment expliquer cela ? — demanda le second compagnon. — J'ai beau chercher, j'y perds
mon latin...

— Peut-être n'y a-t-il point d'assassinat, —
le troisième. — Cette femme a pu entrer hier dans
le monument pour prier, glisser sur les dalles, tomber, se blesser à la tête et s'évanouir...

— C'est impossible... — répliqua le contre-maître.

— Pourquoi?

— Parce que, dans ce cas, la clef serait à la serrure, et rien ne nous empêcherait d'ouvrir la porte.

— C'est juste.

— Nous sommes en présence d'un crime, ça ne me paraît pas douteux... — Du reste nous saurons bientôt à quoi nous en tenir.

En ce moment le personnage que nous avons vu franchir le seuil du cimetière, vêtu d'un long pardessus garni de fourrures et son chapeau à larges bords rabattu sur les yeux, parut à l'extrémité du sentier conduisant au tombeau qui nous occupe.

Il tenait toujours à la main sa couronne d'immortelles.

En apercevant les ouvriers il tressaillit légèrement, fit halte, sembla chercher une tombe parmi celles qui l'entouraient, en avisa une au-dessus de laquelle se trouvait un porte-couronnes, s'en approcha, fit glisser son *pieux souvenir* sur la tringle protégée par un petit toit de zinc, se servit de son mouchoir pour chasser la neige qui couvrait la pierre, et s'agenouilla.

Un des ouvriers le remarqua.

— Mazette ! — s'écria-t-il, — en voilà un qui est matinal et qui ne craint guère le froid !

— Mon vieux, — répondit Cabirol, — il n'y a pas d'heure pour le sentiment et, quand on a du chagrin dans l'âme, on se fiche des intempéries !...

— C'est peut-être un brave homme qui pleure son fils ou sa fille...

— Ou qui a perdu sa femme...

— Tout est possible, sauf que ça soye sa belle-mère, auquel cas-il ne prierait point sur la tombe...

— A moins qu'il ne demande à la défunte de ne pas revenir...

Cette facétie, quoique d'un indiscutable mauvais goût, surtout dans un cimetière, obtint un succès de rire, tant il certain que les belles-mères sont généralement mal appréciées.

Ce rire fut interrompu par un bruit de voix et de pas rapides.

— Bien sûr, voilà Pitou qui revient avec le conservateur... — fit Cabirol.

Il ne se trompait point.

Le conservateur du Père-Lachaise, suivi de trois gardiens et de deux employés, arrivait en effet au pas de course.

— C'est là-bas, monsieur... — lui dit Pitou en désignant l'endroit où les marbriers attendaient.

L'homme à la couronne d'immortelles paraissait absorbé dans sa prière et dans ses regrets.

Peut-être l'était-il moins en réalité qu'en apparence, car, en entendant parler et marcher, il tourna vivement la tête et jeta un coup d'œil derrière lui.

A la vue des arrivants une poignante inquiétude se peignit sur son visage ; il laissa passer les nouveaux venus, puis il se leva, et d'une marche lente, comme s'il obéissait malgré lui à une attraction irrésistible, il se dirigea vers le tombeau que l'on entourait.

Au moment où il n'avait franchi tout au plus que le premier tiers du chemin, le conservateur, penché vers la large tache rouge maculant la neige, s'écriait :

— C'est bien du sang...

Il ajouta, en s'adressant au contremaître :

— Et vous avez vu le corps d'une femme à l'intérieur ?...

Cabirol salua et répondit :

— Oui, monsieur le conservateur... — un camarade m'a fait la courte échelle, et j'ai regardé par un des trèfles du mur latéral.

— Je sais... je sais...

— La pauvre femme est étendue sur le dos, son corps en travers de la porte.

— Messieurs, — dit le conservateur d'une voix que l'émotion rendait tremblante, — depuis vingt-cinq ans que je suis ici, investi des mêmes fonctions, aucun fait aussi surprenant ne s'est produit dans l'enceinte du Père-Lachaise !! Un accident me paraît inadmissible, donc un crime a été commis... un crime étrange, mystérieux, inexplicable... — J'aurais certainement le droit d'ouvrir ou de faire ouvrir immédiatement cette porte, mais je trouve plus correct de n'agir qu'en présence du commissaire de police... — Il ne tardera guère du reste, car, aussitôt averti de ce qui se passait, je l'ai envoyé prévenir...

— Pas d'ordres à nous donner, monsieur le conservateur? — demanda l'un des gardiens.

— Si. — En attendant l'arrivée du commissaire, nous devons songer aux mesures à prendre pour opérer la levée du corps. — Allez avec deux employés chercher un brancard.

— Il suffit, monsieur.

Le gardien s'éloigna.

— Nous n'avons pas les clefs de ce tombeau...
— reprit le conservateur; — il faudrait se procurer un outil pour faire sauter la serrure.

— Je trouverai tout ce qu'il faut au caveau que
nous construisons... — fit Cabirol. — Je cours et
je reviens.

Déjà il tournait sur ses talons. — Le conservateur l'arrêta par ces paroles :

— Non, restez... — Mieux vaut attendre les ordres du commissaire... — Je crois indispensable
de faire appeler un serrurier... — François, allez
chez Féraud, le serrurier de la rue de la Roquette,
et priez-le de vous accompagner avec un trousseau de clefs et des crochets... — Ne parlez de
l'incident à qui que ce soit... — Que Féraud ne
sache pas de quoi il est question avant d'être ici...
— Évitons les curieux autour de nous... — Rien
n'est plus gênant que les importuns !... une peste !...

— Monsieur le conservateur peut être tranquille.

Et le second gardien partit dans la même direction que le premier.

— Je puis quand même, — dit Cabirol, — vous
procurer pince et marteau... — peut-être en aura-
t-on besoin...

— Vous avez raison... — Deux précautions va-
lent mieux qu'une... — Envoyez un de vos hommes
se munir d'outils, pour le cas où nous serions obli-
gés de recourir à un bris de serrure.

Un ouvrier sortit du groupe et prit sa course
vers le caveau neuf.

— Voilà une fâcheuse aventure ! — poursuivit
le conservateur s'adressant aux gens qui l'entouraient, ou pour mieux dire parlant tout haut devant
eux. — Certes, le cimetière est bien surveillé... on
fait des rondes toute la nuit, et cependant voyez
ce qui arrive !... — Nous n'avons à nous adresser
aucun reproche, notre conscience est nette ! Ça
n'empêchera pas les gens de justice de nous accuser
de négligence !... — Fâcheuse aventure ! bien fâcheuse !...

Si lentement que marchât l'homme à la couronne
d'immortelles, il avait fini par arriver.

Il rejoignit le groupe, salua tous ceux qui le
composaient et demanda d'une voix humble et
d'un air timide :

— Que se passe-t-il donc ici ?

— Allons bon, un importun !... — pensa le conservateur.

Ce qui ne l'empêcha pas de répondre, en rendant

le salut, plutôt aux fourrures qu'au questionneur lui-même :

— Il se passe une chose désastreuse, monsieur...

— Une chose désastreuse ?... — répéta le curieux.

— Oui, monsieur... — Il s'est commis un crime cette nuit dans le cimetière du Père-Lachaise !... un cimetière si bien gardé !

— En effet, je vois sur la neige quelque chose de rouge... — dit l'homme aux fourrures. — Est-ce que, par hasard, ce serait du sang ?...

— Hélas, oui, monsieur, c'est du sang...

— D'où vient-il ?

— De ce tombeau... — Regardez... — la traînée de sang passe sous la porte...

— Le crime aurait donc été commis de l'autre côté de cette porte?

— Oui, monsieur et, si le bronze était transparent, vous verriez le cadavre d'une femme étendu sur les dalles !

L'homme aux fourrures tressaillit pour la seconde fois.

Une contraction nerveuse agita les muscles de son visage.

Ses paupières s'abaissèrent sur ses prunelles, tandis que sa lèvre inférieure tremblait un peu.

Personne ne remarqua ces symptômes d'une émotion profonde.

La stupeur, le saisissement, suffisaient d'ailleurs pour expliquer cette émotion.

— Le cadavre d'une femme !! — s'écria l'inconnu. — C'est bien étrange et bien horrible !!

— Bien étrange et bien horrible, oui, monsieur...
— Il y a là une énigme indéchiffrable.

Cabirol intervint.

— Indéchiffrable !... — répéta-t-il. — Pas tant que ça, peut-être, monsieur le conservateur.

— Comment cela ?

— Il faut savoir d'abord à quelle famille appartient ce tombeau... — Le savez-vous ?

Le conservateur leva les yeux vers le fronton du monument.

Aucune inscription ne se voyait sur la frise. — Un écusson surmonté d'une couronne de comte, voilà tout.

— Je l'ignore en ce moment, — dit-il, — mais je le saurai quand je voudrai... — Quel est le numéro d'ordre ?

Un gardien fit le tour de la petite construction, lut un chiffre gravé en creux dans la pierre, accompagné d'une date et de trois mots.

Il revint.

— Eh bien? — lui demanda le conservateur.

— Numéro *neuf mille sept cent vingt-sept*, — répondit-il, — *15 janvier* 1853, — *concession à perpétuité.*

— Inscrivez cela sur votre calepin. — Ces renseignements nous serviront tout à l'heure.

— C'est inscrit.

A cette minute précise arrivèrent ensemble le gardien ramenant deux employés qui portaient un brancard, et le commissaire de police accompagné de trois agents.

En voyant ces derniers l'homme aux fourrures enfonça plus encore son chapeau sur ses yeux, et se sépara doucement du groupe qui ne songeait guère à s'occuper de lui.

En même temps, de deux côtés opposés, accouraient le serrurier réquisitionné par un gardien, et l'ouvrier expédié par Cabirol à la recherche d'une pince et d'un marteau.

III

Le conservateur fit vivement quelques pas au-
devant du commissaire de police, lui tendit la
main et lui dit :

— Pardonnez-moi, cher monsieur Berthier, de
vous avoir dérangé de si grand matin... — Il y
avait urgence... — Le cas est grave... très grave...

— J'ai appris par votre envoyé qu'il s'agissait,
selon toute apparence, d'un assassinat... — répliqua le commissaire.

— Cela me paraît certain.

— Assassinat commis dans un tombeau.

— Oui... — le sang de la victime a coulé sous la
porte, et le contremaître du marbrier Lody, à qui

ses camarades faisaient la courte échelle, a vu, par un des trèfles donnant du jour à l'intérieur du monument, le cadavre d'une femme... — N'est-ce pas effrayant ?...

— Dans quelques minutes nous saurons à quoi nous en tenir. — Avez-vous fait réquisitionner un serrurier ?

— Oui. — Le voilà.

— Excellente précaution... — Nous allons procéder séance tenante... — Ah ! ah ! c'est vous, Féraud... — ajouta le magistrat en s'adressant au serrurier de la rue de la Roquette.

— Moi-même, monsieur le commissaire, pour vous servir...

— Eh bien ! mon ami, ouvrez ce tombeau.

— On va faire son possible, monsieur le commissaire...

Le serrurier s'approcha de la porte de bronze, choisit un des passe-partout composant le volumineux trousseau qu'il tenait à la main, et l'introduisit dans la serrure.

Le passe-partout ne fonctionnait pas.

Il en prit un autre.

Le petit vieillard qui, à l'approche des agents, s'était mis un peu à l'écart du groupe, regardait avec une fixité dévorante ce qui se passait.

Une agitation très vive, une anxiété voisine de l'angoisse, se peignaient sur son visage.

Le commissaire disait au conservateur :

— Depuis que j'exerce, et ce n'est pas d'hier, je n'ai rien vu qui parût de prime abord plus étrange...

— N'est-ce pas ?

— Mais il faut se souvenir de la fable des bâtons flottants, vous savez :

De loin c'est quelque chose, et de près ce n'est rien.

Peut-être trouverons-nous une explication toute naturelle à ce qui nous semble stupéfiant...

Le conservateur secoua la tête.

— Ça m'étonnerait... — murmura-t-il.

— Moi aussi, mais tout est possible... — La femme que vous croyez morte peut n'être qu'évanouie, et dans ce cas les éclaircissements ne se feraient point attendre...

— C'est juste...

Après une demi-douzaine d'essais infructueux le serrurier fit un geste de dépit.

— Ces passe-partout ne vont pas !... — s'écria-t-il.

— Essayez encore...

— J'essayerais pendant une heure sans arriver à rien... — Je jurerais qu'on a enfoncé dans la serrure un clou ou tout autre corps dur pour immobiliser le pêne et empêcher par conséquent d'ouvrir le tombeau.

— Il faudra nous en assurer, afin que je consigne le fait sur mon procès-verbal...

— Je m'en assurerai, monsieur le commissaire, en démontant la serrure, mais il s'agit d'ouvrir avant tout, et je ne puis ouvrir qu'en faisant une pesée entre la serrure et la muraille...

— Faites cette pesée.

— Il faudrait une pince et un ciseau.

— Voici les objets... — dit Cabirol, en présentan les outils qu'il avait envoyé chercher.

Le serrurier les prit et se mit au travail sur-le-champ.

Ce travail était rude.

Ce ne fut qu'après de longs efforts, et grâce à l'aide de deux marbriers, qu'il parvint à faire sortir le pêne de la gâche.

— Ouf ! — dit-il en s'essuyant le front. — c'est fait...

Le commissaire, à son tour, s'approcha et voulut
ouvrir la porte.

Sous sa pression elle ne céda que de trois ou
quatre centimètres.

— Il y a un obstacle à l'intérieur... — s'écria-t-il.
— On croirait que quelqu'un résiste...

— C'est le corps... — répliqua le contremaître
Cabirol. — Il est couché juste en travers...

Deux agents appuyèrent de toutes leurs forces
sur les panneaux de métal et la porte céda lentement, repoussant en effet le corps de femme
étendu sur les dalles.

Le commissaire entra le premier.

Le conservateur le suivit.

Toutes les têtes se penchèrent pour voir à l'inté-
térieur.

Quelques curieux essayèrent même de franchir
le seuil du tombeau.

L'homme au pardessus garni de fourrures s'était
rapproché et se trouvait au premier rang.

A l'aspect du cadavre son visage se décomposa
et un frisson courut sur sa chair.

En ce moment le commissaire de police se re-
dressa et dit :

— Je prie les témoins de rester au dehors... —

Messieurs les agents, ne laissez entrer personne...

Il fallait obéir.

Les curieux reculèrent.

Le conservateur s'était penché vers le corps déjà raidi.

— La malheureuse n'est point évanouie... — fit-il après un moment d'examen, — elle est morte, et morte assassinée... — Voyez...

Du doigt il montrait une profonde blessure au cou, blessure dont la teinte bleuâtre tranchait sur la blancheur livide de la peau.

— C'est avec un poignard qu'on a tué cette femme... — dit le commissaire.

— Et l'assassin a frappé plus d'une fois... — reprit le conservateur ; — voilà, sous le sein droit, une flaque de sang coagulé.

— Le crime est manifeste... — Je dois à l'instant envoyer prévenir le parquet et réclamer la présence du procureur de la République, d'un juge d'instruction et du chef de la sûreté.

— Opérez-vous immédiatement la levée du corps ? — demanda le conservateur.

— Je m'en garderai bien !... — S'il restait une espérance quelconque de rappeler la malheureuse à la vie, je la ferais emporter pour lui prodiguer

des soins, mais il n'y a rien à tenter avec un cadavre refroidi depuis des heures... — Laissons-le
donc où il est... — J'expliquerai au procureur de
la République la position exacte qu'il occupait.

— Il va falloir refermer la porte ?...

— Certes !... — Et je placerai en sentinelle deux
agents, auxquels je vous prierai d'adjoindre deux
de vos gardiens...

— Je mets tout mon personnel à vos ordres...

Le commissaire sortit.

— Brigadier Lannoy ?... — dit-il à un sergent de
ville.

— Mon commissaire ?

— Laissez ici deux de vos hommes, qui resteront
en faction près de cette porte avec des gardiens du
cimetière... — La consigne est que personne, sous
quelque prétexte que ce soit, ne puisse s'approcher
du tombeau... Qu'on tienne les curieux à distance !...

— Suffit, mon commissaire.

— Vous irez vous-même, tout à l'heure, porter au
parquet une lettre que monsieur le conservateur
voudra bien me permettre d'écrire dans ses bureaux.

— Cher monsieur Berthier, mon cabinet et tout
ce qu'il renferme est à votre disposition.

Le commissaire se tourna vers les cinq ouvriers et le serrurier :

— Quant à vous, messieurs, — leur dit-il, — j'ai besoin de prendre vos noms, vos adresses et, l'éveil ayant été donné par vous, il est nécessaire que vous soyez entendus comme témoins... — Veuillez donc me suivre chez monsieur le conservateur, où vous attendrez l'arrivée des membres du parquet. — Nous sommes en présence d'un crime abominable et inexplicable... — Le devoir de chacun de vous est de venir en aide aux recherches de la justice, dans la mesure de vos moyens...

La température rigoureuse rendait, nous le savons, tout travail impossible.

En outre, la curiosité des ouvriers était surexcitée.

En conséquence ils ne demandaient pas mieux que d'assister aux débats de l'enquête et peut-être, si on ne le leur avait point imposé, l'auraient-ils sollicité comme une faveur.

— Fermez, ou du moins repoussez cette porte... — ordonna le commissaire à un agent qui s'empressa d'obéir.

— Enlèverai-je la serrure pour en visiter l'intérieur ? — demanda le serrurier.

— Non. — Laissez provisoirement les choses en place. — Nous aviserons plus tard.

Tout en disant ce qui précède, le commissaire jetait un regard autour de lui et comptait les assistants.

— Quand je suis arrivé, — dit-il à Cabirol, — n'y avait-il point parmi vous un monsieur coiffé d'un large chapeau et vêtu d'un paletot garni de fourrures ?

— Si, monsieur le commissaire, — répliqua le contremaître.

— Qu'est devenu ce monsieur ?

— Il vient de partir...

— C'est fâcheux...

— Monsieur le commissaire, il n'avait rien vu, étant arrivé après la découverte du cadavre pour nous questionner... — il restait là en flâneur, histoire de se balader un peu...

— C'est bien... — Venez, messieurs.

— Nous allons mettre de la paille sur des travaux commencés et interrompus, — répondit Cabirol, — et nous vous rejoindrons...

— Faites vite...

— Ça sera l'affaire de dix minutes.

Le contremaître s'éloigna rapidement avec ses

2.

hommes, tandis que le commissaire et le conservateur descendaient aux bureaux tout en causant,
suivis du brigadier des sergents de ville, du serrurier et de deux ou trois gardiens.

Le conservateur introduisit dans son cabinet le
commissaire de police, l'installa devant son bureau
et mit à sa disposition encre, plume et papier.

Cinq minutes après la lettre était écrite.

Le commissaire appela le brigadier des sergents
de ville et lui dit :

— Voici une lettre pour le parquet.

— Bien, mon commissaire.

— C'est très pressé...

— Je marcherai au pas gymnastique.

— Vous n'iriez pas assez vite... — Prenez une
voiture, et tâchez que le cheval soit bon...

— Il le sera, mon commissaire... — J'ai servi
dans les cuirassiers... — Je me connais en poulets
d'Inde...

IV

Le brigadier des sergents de ville sortit du cabinet du conservateur et se dirigea vers la station de
voitures qui se trouve à côté de la grille du Père-
Lachaise.

Plusieurs fiacres venaient d'arriver.

L'ex-cuirassier en découvrit un dont le cheval lui
parut solide.

Il y monta en donnant l'ordre au cocher de le
conduire au palais de justice, et en ajoutant d'un
ton impérieux :

— Vous savez, mon brave, du train, surtout ! —
Je suis pressé.

Tout ce qui touche à la police inspire aux cochers de fiacre sinon une vive sympathie, du moins une respectueuse terreur, — et pour cause.

Le cocher qui nous occupe fouetta son bidet, qui partit au grand trot dans la direction indiquée.

Laissons la voiture rouler vers le palais de justice et prions nos lecteurs de nous suivre dans un autre quartier de Paris, le même jour, à sept heures du matin, par conséquent une heure avant l'arrivée des cinq compagnons marbriers au cimetière du Père-Lachaise.

C'est à peine si les pâles clartés de l'aube naissante remplaçaient les ténèbres.

La rue Ernestine, au quartier de La Chapelle, conduit de la rue Doudeauville au boulevard Ordener.

A peu près au milieu de cette rue, se trouvait un établissement de loueur de voitures.

Un palfrenier nommé François, aux gages de M. Mathurin Binet, propriétaire de l'établissement, était dans la cour, s'occupant à nettoyer tant bien que mal les voitures rentrées pendant la nuit, et plutôt mal que bien, car l'intensité du froid ne permettait point de laver à grande eau les caisses et les trains souillés par la boue de la veille au soir, la gelée n'ayant commencé que vers minuit.

Eclairé par une forte lanterne accrochée à un poteau, il avait déjà fait la moitié de sa besogne, grattant le plus gros de la boue, secouant les paillassons, brossant les banquettes, et rangeant au fur et à mesure les coupés dont la toilette était complète sous un hangar attenant à la cour des écuries.

Il ne lui restait plus que trois voitures à préparer pour la sortie.

L'une d'elles fut amenée par lui près du poteau contenant la lanterne, et il ouvrit la portière afin de retirer le tapis qu'il n'avait point trouvé sur le siège, ce qui constituait une infraction à la règle de la maison, les cochers devant, après avoir mis leur cheval à l'écurie, sortir ce tapis souvent mouillé par les pieds des clients, et le mettre sécher au grand air.

Dès que la portière fut ouverte, le palefrenier jeta un coup d'œil à l'intérieur et recula en poussant un cri d'épouvante.

Le patron Mathurin Binet descendait en ce moment de chez lui pour procéder à son inspection matinale ; — il entendit ce cri, accourut, et vit son palefrenier, pâle, tremblant, les yeux hagards, s'appuyant au poteau pour se soutenir.

— Qu'y a-t-il donc, François ? — lui demandat-il. — Est-ce que tu sors de chez le mastroquet ?... — Est-ce que tu es déjà dans les vignes ? — Saperlipopette, mon garçon, ce serait commencer de bon matin !...

François, pris à la gorge par l'épouvante, était incapable d'articuler un mot.

Pour toute réponse, il étendit la main du côté de la portière ouverte.

Les yeux de Binet suivirent le geste.

A son tour il pâlit visiblement mais, conservant son sang-froid mieux que le palefrenier, il avança au lieu de reculer, et se pencha vers l'intérieur du coupé.

Sur le coussin, affaissé dans l'angle gauche, se trouvait un corps humain raidi et sanglant.

— Tonnerre du diable ! — s'écria Binet, — je n'ai point la berlue ! c'est un homme assassiné !...

La femme du loueur arrivait sur le seuil de la maison, apportant du grain à ses poules, et deux cochers entraient dans la cour pour prendre leur service,

Ils entendirent les paroles du patron.

— Un homme assassiné ! ! — répétèrent-ils tous les trois en s'approchant de la voiture. — Pas possible !

— Regardez ! — répliqua Binet en montrant le cadavre.

— Il faut aller prévenir au poste de la rue Doudeauville... — dit la femme.

— Et amener le commissaire... — ajouta l'un des cochers.

— Filez vite ! — commanda Binet en s'adressant aux deux hommes. — Vous, Cambon, au poste, et toi, Richaud, au commissariat...

— Oui, patron...

Les cochers détalèrent afin de s'acquitter de leur double mission.

La femme du loueur regardait le cadavre avec une curiosité pleine d'effroi.

— Qui conduisait cette voiture ? — lui demanda Binet.

— Quel numéro ?

— 5,583.

— Alors, c'est Cadet... — Il faut qu'il arrive ici vivement... — François, va le chercher au galop...

— Oui, patron... — répondit le palefrenier un peu remis de sa frayeur.

— Et pas un mot de ce qui se passe ! ! — ajouta Binet. — Si la nouvelle était ébruitée nous aurions avant un quart d'heure tout le quartier chez nous...

— Entendu, patron, je serai muet...

Et François s'élança dehors pour aller chercher le cocher qui conduisait la veille la voiture 5,583.

— En voilà une affaire ! — dit Binet à sa femme. — Un homme assassiné là dedans ! — La chose est manifeste, et c'est tout au plus cependant si je puis y croire !... — Cadet n'a donc rien vu ?... rien entendu ?...

— Ça n'est pas étonnant... — Il devait être gris, comme toujours !... — répliqua la femme.

— Et nous allons avoir chez nous la justice, la police, tout le bataclan !... — C'est ça qui sera peu drôle...

— Qu'est-ce que tu veux ?... — Il faut se faire une raison, puisque c'est inévitable... — Voici déjà du monde...

Des sergents de ville accouraient, sous la conduite de leur brigadier.

Celui-ci donna une poignée de main au loueur en s'écriant :

— Ah ! çà, voyons, Binet, est-ce vrai ce qu'on

vient de nous dire ?... — Vous avez trouvé un homme assassiné dans une de vos voitures ?

— Oui, brigadier Fontaine... — Le voilà, — regardez...

Le brigadier s'approcha du coupé et regarda en fronçant le sourcil et en mordant sa longue moustache grise.

— Diable ! diable ! — dit-il ensuite, — ça va faire un tapage de tous les diables ! ! — Une réclame à votre établissement, mon vieux Binet.

— Réclame dont je me passerais bien.

— Vous avez envoyé chez le commissaire ?

— Oui, et chez Cadet qui conduisait la voiture cette nuit...

— Ah ! c'est Cadet ! ! — Eh ! bien, il vous fait de jolis cadeaux ce cadet-là ! ! — Fallait-il que le mâtin soit pochard pour rentrer sans s'être aperçu qu'il ramenait dans son berlingot un homme suicidé ou assassiné ! ! — Y a-t-il eu suicide ou assassinat ? Ce sera sans doute facile à tirer au clair, mais il me semble que M. le commissaire tarde bien.

— Le voici... — répondit le loueur.

Le commissaire du quartier entrait en effet dans la cour avec son secrétaire.

Il salua les personnes qui venaient de se découvrir devant lui et, s'adressant au brigadier, demanda :

— Un crime ?

— Oui, monsieur le commissaire... — Le cadavre est là...

— Dans cette voiture... — ajouta Binet. — Mon palefrenier l'a vu le premier en ouvrant la portière pour nettoyer.

Le magistrat s'approcha et regarda longuement l'homme dont la tête livide penchait sur l'épaule gauche.

De larges plaques de sang caillé couvraient les vêtements de la victime.

Le pardessus de couleur brune était déboutonné.

Le commissaire l'écarta tout à fait et découvrit une redingote noire, également déboutonnée, laissant voir un gilet ouvert sur une chemise tachée de sang.

— Ce n'est point un suicide, c'est un assassinat... — dit-il après quelques instants d'attention soutenue. — Voilà un meurtre curieux... — Ma mémoire ne me rappelle quoi que ce soit de semblable !... — Le cocher qui conduisait cette voiture ne s'est-il donc aperçu de rien ?

— Evidemment, monsieur... — S'il s'était aperçu de quelque chose, il aurait fait sa déclaration...

— C'est bien singulier, et j'ajouterai bien invraisemblable... — Où demeure le cocher ?

— Impasse Doudeauville, pas loin d'ici...

— Il faudrait l'envoyer chercher...

— C'est fait... — J'ai expédié le palefrenier chez lui... il arrivera d'un moment à l'autre...

— Bien... — Monsieur Binet, j'ai besoin d'une voiture ; pouvez-vous me faire atteler une des vôtres ?...

— Parfaitement, et je ne demande pour cela que cinq minutes...

Le loueur courut aussitôt à l'écurie d'où il fit sortir son meilleur cheval, qu'il garnit rapidement et qu'il attela lui-même au plus léger de ses coupés.

Pendant ce temps le commissaire s'était approché du brigadier et lui avait dit à voix basse.

— Il ne faut pas que le cocher qui conduisait cette voiture entre ici... — Donnez l'ordre à deux hommes de l'attendre au dehors et de le conduire sans bruit et sans scandale au poste de la rue Doudeauville où il restera à ma disposition.

— Suffit... — Ça sera fait en douceur.

Le brigadier transmit à deux sergents de ville la

consigne qu'il venait de recevoir, et revint auprès du commissaire.

Celui-ci reprit :

— Vous, Fontaine, vous allez monter dans la voiture qu'on attelle et qui vous mènera au palais de justice... — Vous verrez le commissaire aux délégations judiciaires, vous lui apprendrez ce qui se passe et vous ajouterez que je réclame ici sa présence immédiate et celle des magistrats nécessaires.

— Le crime vaut la peine qu'on se hâte !... — Ne perdez pas une minute !

— Ni une minute, ni une seconde ! — répondit le brigadier, vigoureux gaillard d'une cinquantaine d'années, esclave du devoir mais bon enfant dans l'exercice de ses fonctions, très estimé et très aimé dans le quartier Doudeauville.

Binet avait fini sa besogne.

— Monsieur le commissaire, — dit-il, — Cocotte est attelée, et voilà Cambon qui vous conduira...

V

Le cocher était déjà installé sur son siège.

— Ce n'est pas moi qui me servirai de la voiture, — répliqua le commissaire. — C'est Fontaine.

Le brigadier monta dans le coupé.

En ce moment le palefrenier François franchissait le seuil de la cour.

Il était seul.

— Eh bien? — lui demanda le loueur étonné, — et Cadet? — Est-ce que tu n'as pas trouvé Cadet?...

— Si, patron... — répondit François tout penaud.

— Pourquoi ne l'as-tu pas ramené?

— Patron, je le ramenais... — Je l'avais éveillé en tambourinant à grands coups de poing sur sa porte, car il dormait comme une souche... Je l'avais fait habiller bon train, et il grognait... Fallait l'entendre grogner!... Mais tout en grognant, il venait.

— Eh bien?

— Eh bien! en arrivant au coin de notre rue, à cinquante pas de la porte, deux gardiens de la paix l'ont prié très poliment d'aller avec eux au poste, et comme il répliquait qu'il n'avait rien à voir au poste, ils l'ont pris par le bras, mais en douceur, et l'ont emmené. — Il avait l'air hébété d'un homme à qui l'on fait une farce de fumiste et qui n'y comprend rien.

— C'est bien... — dit le commissaire. — Vous ne lui avez point parlé de ce qui se passait ici?

— Je m'en serais bien gardé, monsieur, le patron me l'ayant défendu... — Je lui ai dit tout simplement qu'on le demandait à la maison, et pas autre chose...

— C'est au mieux... — Maintenant, mon garçon, ouvrez la grande porte de la cour.

François s'empressa d'obéir.

Le commissaire fit à voix basse une dernière recommandation au brigadier Fontaine, et la voiture partit bon train.

Le palefrenier ne mentait pas en affirmant qu'il n'avait rien dit, et cependant on savait déjà dans le quartier qu'il se passait quelque chose d'anormal chez le loueur de la rue Ernestine.

On ne précisait rien, mais le champ des suppositions était vaste.

On avait vu passer le commissaire de police accompagné de son secrétaire et se disposant, par conséquent, à verbaliser.

On avait vu courir des agents.

On avait vu le cocher Cadet emmené au poste.

Bref, à tout hasard, on parlait d'un crime dont on ignorait la nature, mais qui devait être épouvantable, et la foule s'amassait dans la rue en face de la maison de Mathurin Binet.

Plusieurs personnes voulurent même entrer dans la cour au moment où en sortait le coupé conduisant au palais le brigadier Fontaine. — Le commissaire fit un signe et les sergents de ville refoulèrent les indiscrets au dehors.

— Faites fermer la porte, je vous prie, monsieur Binet... — commanda le magistrat.

— Tu as entendu, François ? - — dit le loueur.

Le palefrenier s'empressa d'aller refermer les deux battants de la grande porte, et il donna un tour de clef, au grand chagrin des curieux qui flairaient une mystérieuse affaire.

Les deux agents qui venaient de conduire Cadet au poste et de l'y consigner, revinrent annoncer que leur mission était accomplie.

Le commissaire leur enjoignit de rester en faction dans la cour, auprès de la voiture où se trouvait le cadavre, et de n'en laisser approcher qui que ce soit.

Lui-même, accompagné de son secrétaire, du palefrenier François et du cocher Richaud, monta chez Binet dont le logement se trouvait au premier étage.

— Je vais commencer mon procès-verbal, — dit-il, — veuillez me faire donner un encrier et une plume

La femme du loueur s'empressa de placer sur une table les objets demandés. Le secrétaire ouvrit une ample serviette de chagrin noir qu'il portait sous son bras; il en tira des feuilles de papier timbré, s'assit et se tint prêt à écrire sous la dictée de son chef.

Nous laisserons ce dernier verbaliser, et nous suivrons le brigadier Fontaine, rapidement conduit par le cocher Cambon.

Malgré l'heure matinale, le commissaire aux délégations judiciaires de service était déjà dans son cabinet, classant des papiers relatifs à une affaire dont le parquet s'occupait en ce moment.

Un employé vint le prévenir qu'un brigadier de sergents de ville du quartier de La Chapelle demandait à lui parler sans retard de la part du commissaire du bureau de la rue Ordener.

— Faites entrer... — répondit le commissaire aux délégations.

Le brigadier, introduit sur-le-champ, expliqua brièvement le motif de sa visite.

Son auditeur prêtait à ce récit une extrême attention.

— Voilà un crime singulier ! — s'écria-t-il, quand Fontaine eut achevé. — L'affaire sera probablement curieuse... — Attendez-moi... — Je vais trouver le chef de la sûreté qui arrivait en même temps que moi... — je lui apprendrai ce qui se passe... — Vous avez une voiture ?

— Oui, monsieur.

— A deux ou à quatre places ?

— A deux places seulement.

— Occupez-vous d'en avoir une autre, car nous emmènerons certainement le chef de la sûreté, un

3.

substitut et un juge d'instruction. — Le moins surchargé en ce moment est M. Paul de Gibray...

— Il sera certainement désigné, mais il n'arrive point à son cabinet de si grand matin et il faudra l'aller chercher chez-lui... — Ayez deux voitures, outre la vôtre.... — J'en enverrai une à M. de Gibray...

Fontaine sortit pour s'occuper de la recherche à lui confiée, tandis que le commissaire aux délégations se rendait près du chef de la sûreté et lui racontait le mystérieux événement de la rue Ernestine.

Le chef de la sûreté, dont il nous semble inutile d'écrire ici le nom bien connu, était un petit homme un peu lourd, au dos voûté, au regard fin et profond, à la figure placide et douce, qu'épanouissait presque sans cesse un sourire bienveillant.

Ses favoris offraient une teinte d'un gris argenté comme ses cheveux.

Merveilleusement habile, malgré son apparence bonasse, et travailleur infatigable, il avait donné à la police de sûreté une organisation de premier ordre, en attachant à son service des hommes bien choisis comme intelligence, comme hardiesse et comme aptitudes policières.

Personne mieux que lui ne savait débrouiller les fils de l'affaire la plus compliquée et, dans sa longue carrière, il n'avait subi qu'un bien petit nombre d'échecs.

— Un assassinat dans une voiture... — dit-il de l'air le plus calme, après avoir écouté le commissaire aux délégations. — C'est très curieux.

— N'est-ce pas?

— Il doit y avoir là une énigme que le meurtrier croit avoir rendue tout à fait indéchiffrable...

— Et dont vous aurez peu de peine à trouver le mot... — répliqua le commissaire aux délégations.

— Je l'espère.

On frappa doucement à la porte du cabinet.

— Entrez... — dit le chef de la sûreté.

Deux hommes parurent sur le seuil et saluèrent respectueusement.

— Nous venons prendre les ordres... — fit le plus âgé.

— Je suis bien aise de vous voir, Jodelet... — répliqua le chef. — Si vous n'étiez venu, je vous aurais envoyé chercher... — Une affaire se présente où votre flair habituel nous sera certainement très utile.

La physionomie un peu rude de l'agent s'illumina.

— Je remercie monsieur le chef de la sûreté de la bonne opinion qu'il veut bien exprimer sur mon compte... — murmura-t-il avec une émotion sincère. — Je m'efforcerai de mériter de plus en plus ses éloges.

— Jodelet, vous êtes un bon serviteur... — Quant à vous, Martel, vous avez sous les yeux un exemple à suivre... — Modelez-vous sur votre inspecteur, et l'avancement que je vous ai promis ne se fera pas attendre.

Le second agent eut un pâle sourire sur ses lèvres minces, et répondit d'une voix très basse :

— Je ferai de mon mieux, monsieur...

— J'y compte.

Un garçon de bureau entra et dit :

— M. le juge d'instruction Paul de Gibray vient d'arriver au parquet; il attend ces messieurs avec M. le substitut de service...

Le coupé de Binet et deux fiacres retenus par le brigadier Fontaine attendaient.

M. de Gibray fut mis au fait en quelques mots; — on se partagea les voitures, — puis les magistrats dans l'une, les agents et le brigadier dans les autres, partirent pour La Chapelle.

Bien loin de diminuer, la foule s'était accrue dans la rue Ernestine, et se livrait à des commentaires sans fin dont la plupart manquaient absolument de sens commun.

La présence du commissaire et des gardiens de la paix dans la maison du loueur, et l'arrestation du cocher Cadet, prouvaient jusqu'à l'évidence qu'un crime avait été commis.

Quel pouvait être ce crime?

Cadet était-il le principal coupable ?

Mathurin Binet était-il complice?

Les imaginations surexcitées s'efforçaient de résoudre ces questions, et naturellement, ne pouvaient y parvenir.

Les sergents de ville mis en faction près de la porte avaient beaucoup de peine à contenir le flot toujours grossissant des curieux qui se trouvaient dans la rue, gesticulant, causant et criant.

Tout à coup, un silence relatif s'établit.

On voyait trois voitures déboucher de la rue Doudeauville et se diriger grand train vers la maison du loueur.

— C'est la justice qui vient... — se disait-on tout
bas, de bouche à oreille.

Et la foule s'écarta, laissant les voitures s'approcher de la grande porte, qui fut ouverte à deux
battants pour leur permettre d'entrer dans la cour,
et se referma immédiatement derrière elles.

VI

La foule n'avait fait qu'entrevoir les nouveaux venus et se livrait à leur sujet aux commentaires les plus fantaisistes.

— C'est le préfet de police en personne... — disaient les uns.

— C'est le ministre de la justice... — affirmaient les autres.

Et les commentaires allaient leur train.

A l'arrivée des voitures, le commissaire du quartier était descendu vivement de chez le loueur pour aller à la rencontre des magistrats.

Il reçut des félicitations pour la promptitude avec laquelle il avait avisé le parquet et la préfecture.

— J'ai cru devoir le faire sans perdre une minute, — répondit-il, — car le crime se présente dans les circonstances les plus étranges et je crois qu'il importe de mener rapidement l'enquête.

— Où se trouve la victime? — demanda le substitut.

— Venez messieurs...

Le commissaire conduisit les magistrats jusqu'à la voiture près de laquelle veillaient deux sergents de ville.

Il ouvrit lui-même la portière.

On vit alors l'homme assassiné, dans l'attitude que nous avons décrite.

Un chapeau de feutre rond se trouvait sur la banquette à côté de lui.

— Quelqu'un a-t-il touché au cadavre? — fit le juge d'instruction.

— Non, monsieur... — répliqua le commissaire ; — il est dans la position où l'a trouvé le palefrenier de M. Binet quand il a ouvert la voiture pour commencer son nettoyage habituel.

— A quelle heure cette voiture est-elle rentrée?

— Il m'est impossible de répondre à cette question, monsieur le juge... — dit le loueur.

— Comment cela?

— C'est bien simple. — Les cochers qui sont à mes gages emportent une clef de la grande porte quand ils font un service de nuit... — Ils rentrent n'importent à quelle heure, détellent, mettent leur cheval à l'écurie, et s'en vont en refermant la porte... — C'est l'habitude.

— Le cocher qui conduisait ce coupé est-il ici?

— J'ai cru devoir le faire conduire au poste de la rue Doudeauville... — répliqua le commissaire.

— Vous avez bien fait. — Connaît-il le motif de son arrestation provisoire?

— J'ai recommandé à mes hommes de ne lui donner aucune explication à cet égard.

— C'était prudent... — Avez-vous commencé un procès-verbal?

— Oui, mais il est nécessairement des plus sommaires, puisque je n'ai fait aucun interrogatoire... — Le voici...

M. de Gibray y jeta les yeux.

— Nous allons procéder... — dit-il ensuite, — et comme je n'ai pas mon greffier, je prierai votre secrétaire de le remplacer...

— A vos ordres...

— Avant tout, — continua le juge d'instruction,

— il faudrait sortir de la voiture le cadavre et le placer sous le hangar.

Le palefrenier François descendit du grenier des bottes de paille qu'il disposa sur les pavés, tandis que deux agents tiraient du coupé, mais non sans peine, le corps de l'homme assassiné dont la mort avait raidi les membres.

On étendit ce corps sur la paille, en ayant soin d'élever la tête afin qu'il fût possible d'examiner les traits.

Le malheureux pouvait avoir cinquante-cinq ans environ.

Des cheveux bruns grisonnant à peine couronnaient un visage soigneusement rasé.

La redingote, le pantalon, le gilet étaient noirs, et le pardessus de couleur marron.

Un cache-nez de flanelle blanche s'enroulait autour du cou.

De fortes bottines d'hiver, à doubles semelles et presque neuves, chaussaient les pieds.

Le sang coagulé imprégnait les habits et rougissait le plastron de la chemise.

L'agent, muet, immobile et attentif jusque-là, s'approcha du cadavre pour exécuter l'ordre qu'il venait de recevoir, et s'apprêtait à écarter le gilet lorsqu'il aperçut, accroché à l'une des boutonnières, un cordon de soie tressée.

Il tira ce cordon et une montre d'or s'échappa du gousset.

— Voici un bijou d'une certaine valeur... — dit-il. — Donc le vol n'a pas été le mobile du crime, ou bien l'assassin a mal fouillé sa victime...

Le juge d'instruction reçut la montre des mains de l'agent et l'examina.

Jodelet, pendant ce temps, déboutonna la chemise et mit à nu la poitrine du mort.

Une plaie béante, d'une forme toute particulière, apparut sous le sein gauche, juste à la place du cœur.

— Mâtin! — s'écria Jodelet, — l'assassin avait le coup d'œil juste et la main solide!! — Il a choisi le bon endroit!! — L'arme était un poignard à lame triangulaire... — La mort à dû être instantanée... Pas seulement le temps de dire : Ouf !

— Fouillez les poches... — commanda le juge d'instruction; — peut-être le mort avait-il sur lui quelque objet de nature à nous faire connaître son identité...

Jodelet s'empressa d'obéir.

Non seulement il fouilla, mais il retourna les

poches du pardessus, de la redingote et du gilet.

Elles ne contenaient rien, à l'exception d'un mouchoir blanc, non marqué.

— Il est étrange que cet homme n'ait sur lui ni portefeuille, ni papiers d'aucune sorte... pas même une lettre... — fit M. de Gibray.

La chef de la sûreté hocha la tête d'un air pensif qui en disait long. — La chose ne semblait point l'étonner.

L'agent s'occupait de visiter les poches du pantalon. Tout à coup il tressaillit.

— Qu'y a-t-il? — lui demanda le juge d'instruction qui suivait de l'œil tous ses mouvements.

— Il y a, — répondit Jodelet, — il y a que l'assassin était positivement un homme désintéressé... — Il ne travaillait pas pour un bénéfice pécuniaire, oh! non! — Voici le porte-monnaie de la victime, et je vous garantis qu'il n'est pas vide, car il est lourd...

— Peut-être y trouverons-nous un indice, — dit vivement M. de Gibray. — Donnez...

— Monsieur le juge d'instruction, voici l'objet.

Le magistrat prit le porte-monnaie l'ouvrit et en inventoria les cases.

Ces cases contenaient un billet de banque de

France de cent francs, deux cents francs en or et sept francs dix centimes de menue monnaie.

— Les pièces d'or sont-elles françaises ou étrangères? — demanda le chef de la sûreté.

— Les unes françaises, les autres italiennes, à l'effigie de Napoléon III et de Victor-Emmanuel... — Vous ne trouvez plus rien, Jodelet?

— Non monsieur, rien... — La seconde poche est vide.

— Le linge est-il marqué?

L'agent regarda successivement la chemise et les chaussettes du mort, de même qu'il avait déjà regardé le mouchoir de poche.

— Aucune marque, monsieur... — répondit-il après examen.

— Tout semble se réunir pour rendre les recherches plus difficiles! — murmura le juge d'instruction. — Les boutons de la chemise n'offrent rien de particulier? — ajouta-t-il plus haut.

— Non, monsieur... — Au plastron et aux poignets ce sont de doubles boutons de nacre, comme on en trouve partout.

M. de Gibray faisait consigner au procès-verbal tous ces détails, si minime que fût leur importance, par le secrétaire du commissaire.

Le pauvre diable écrivait sans relâche, tout en soufflant de seconde en seconde dans ses doigts engourdis.

— Le froid vous paralyse... — lui dit le chef de la sûreté.

— Dame! un peu, monsieur... — J'ai l'onglée... Mais ça ira tout de même... seulement ça n'embellit pas l'écriture...

— Pourvu qu'elle soit lisible, c'est tout ce qu'il faut...

— Monsieur le juge d'instruction, dois-je visiter l'intérieur de la voiture? — demanda Jodelet.

— Certes! c'est très important...

Le groupe se dirigea vers le coupé.

L'agent sauta dans l'intérieur.

Il souleva les coussins raidis par le sang.

Il examina le paillasson..

Il explora le porte-allumettes fixé entre les deux châssis des vitres du devant.

— Rien, — fit-il ensuite; — absolument rien...

Paul de Gibray appela le loueur et lui dit :

— Jusqu'à ce que l'instruction soit terminée, vous ne mettrez point en circulation cette voiture, sur laquelle, d'ailleurs, les scellés vont être posés.

— Monsieur le juge, elle restera dans une petite

remise dont la clef ne me quittera ni jour ni nuit...

— C'est ce qu'il faut... — Maintenant nous allons monter chez vous, et nous y procéderons à l'interrogatoire du cocher qui conduisait hier cette voiture...

Binet s'inclina.

— Couvrez le corps de ce malheureux et demeurez auprès de lui... — commanda le chef de la sûreté aux gardiens de la paix. — Vous, brigadier, allez chercher le cocher qui a été mené au poste de la rue Doudeauville.

Le brigadier Fontaine salua militairement et sortit avec deux hommes, tandis que François apportait de l'écurie des couvertures qu'on étendait sur le cadavre.

L'apposition des scellés employa dix minutes, puis les magistrats, guidés par le loueur, montèrent dans la chambre du premier étage où nous avons vu le commissaire du quartier commencer son procès-verbal.

Un poêle de fonte, que des tuyaux de tôle en zigzags mettaient en communication avec la cheminée, ronflait et rougissait, entretenant une chaleur peut-être excessive mais qui semblait délicieuse à des gens glacés jusqu'aux moelles par les six degrés de l'atmosphère extérieure.

On attendait l'arrivée du cocher Cadet.

Pendant quelques secondes un silence profond régna, interrompu seulement par les ronflements du poêle et la toux d'un sergent de ville enrhumé.

VII

M. de Gibray rompit ce silence.

— Que pensez-vous de tout cela ? — demanda-t-il au chef de la sûreté.

Celui-ci répondit :

— Nous sommes en face d'un crime commis, soit dans un but de vengeance personnelle, soit pour s'emparer de certains papier que l'assassin savait trouver sur sa victime, cela me paraît indiscutable, puisque ni le porte-monnaie ni la montre n'ont été volés... — Affaire bien mystérieuse en somme... — l'interrogatoire du cocher nous éclairera peut-être...

— Je regrette que nous ne nous soyons pas fait

assister d'un médecin... — dit le commissaire aux délégations judiciaires.

— A quoi bon, puisque l'homme est mort?

— Le médecin aurait pu nous apprendre à quelle heure remonte la mort...

— Les réponses du cocher nous renseigneront à ce sujet.

— Sans doute, à moins qu'il ne cherche à nous égarer par des mensonges.

Le loueur intervint.

— Ne craignez point cela, messieurs... — fit-il. — Cadet est un honnête homme, à mon service depuis longtemps... S'il sait quelque chose, il vous le dira...

— Cadet est estimé dans le quartier... — ajouta le brigadier des sergents de ville. — Le brave garçon aime un peu trop à lever le coude, c'est certain, et se met dans les brindezingues plus souvent qu'à son tour, mais il ne ferait pas de mal à une mouche et, quand il trouve dans sa voiture n'importe quoi, il va le porter à la préfecture, au bureau des objets perdus... — Je crois impossible de l'accuser...

— Aussi ne l'accuse-t-on pas, — répliqua le chef de la sûreté avec un sourire plein de finesse. —

Mais sans être complice du crime, et même en ignorant que ce crime ait été commis, il pourra nous donner de précieux indices... — Bien souvent il suffit d'un mot pour mettre sur une piste...

Le juge d'instruction approuva du geste. — En ce moment, on entendit s'élever une grande rumeur au dehors.

La foule rassemblée dans la rue Ernestine, en face de la maison, voyant passer le cocher Cadet entre deux gardiens de la paix, protestait contre l'arrestation d'un homme qu'elle savait incapable d'une action criminelle, et à qui l'on ne pouvait reprocher que son culte trop fervent pour le petit *guinguet* de Suresnes ou d'Argenteuil.

Mais le peuple, — personne ne l'ignore, — est plein d'indulgence pour ceux que les chansonniers du Caveau appellent les *suppôts de Bacchus*.

Les gardiens de la paix repoussèrent la foule.

Ils introduisirent Cadet dans la cour dont leurs camarades s'étaient empressés d'ouvrir la porte.

Très inquiet, très étonné, un peu effrayé, Cadet ne savait ni ce qu'il devait croire, ni ce qu'il devait craindre.

Naturellement il avait interrogé, au sujet des

motifs de son arrestation, les sergents de ville qui le conduisaient au poste.

Non moins naturellement les sergents de ville, obéissant à leur consigne, étaient restés muets.

Quand on le fit sortir du poste pour l'amener rue Ernestine, quand il vit une agglomération insolite devant la maison de Mathurin Binet, il comprit qu'il ne pouvait s'agir d'une simple contravention, et il commença de façon très sérieuse à chercher ce qu'il pouvait bien avoir fait de délictueux, et ce qui se passait d'assez grave pour réunir tant de monde à cette place habituellement déserte.

Son cœur alors se mit à battre avec violence, sa respiration devint difficile, et son émotion redoubla lorsqu'il entendit les gens du quartier crier aux agents :

— Lâchez-le ! — Mais lâchez-le donc ! — C'est un brave garçon... — Ce n'est pas lui qui est coupable !...

Une sueur froide mouilla ses tempes.

— Coupable de quoi? — se demandait-il mentalement. — J'ai beau chercher, je ne trouve rien... — J'étais dans les vignes, cette nuit, pas mal... — J'avais écrasé un rude grain... — Est-ce que, pardessus le marché, j'aurais écrasé un passant sans le savoir?

Une fois la porte cochère franchie, il jeta autour de lui un rapide coup d'œil.

Il vit au fond de la cour, sous le hangar, à côté de la voiture qu'il avait l'habitude de conduire, un tas de paille à demi caché par des couvertures étendues, et près duquel deux sergents de ville semblaient en faction.

La frayeur se mit à le galoper.

— Miséricorde, qu'est-ce que ça signifie, tout ça? — balbutia-t-il d'une voix à peine distincte.

— Vous le saurez tout à l'heure, mon gros père, — lui répondit le brigadier. — Mais vous n'avez pas besoin de trembler comme ça... — On ne vous veut aucun mal... — Montez avec moi chez votre patron, où l'on vous attend...

Un peu réconforté par ces paroles, et surtout par la façon bienveillante dont elles avaient été prononcées, Cadet gravit prestement l'escalier conduisant au logis du loueur.

Sur le carré, l'inquiétude le reprit.

Il s'arrêta et se retourna.

Les deux gardiens de la paix lui emboîtaient le pas.

Le pauvre Cadet trouva qu'on le surveillait de près, pour un homme *à qui on ne voulait aucun mal.*

Le brigadier ouvrit la porte.

— Allons, mon garçon, entrez... — dit-il.

Puis, d'une voix plus haute, il ajouta :

— Voici le cocher Cadet...

En franchissant le seuil de la chambre, en apercevant les gens vêtus de noir, décorés, à figures graves, qui se trouvaient réunis, le nouveau venu ne put se défendre d'une émotion violente, et de nouveau son cœur se serra.

— Tant de monde... — pensa-t-il. — C'est donc bien terrible...

Cependant il ne perdit point la tête et, après avoir fait un grand salut, il dit avec un certain aplomb :

— Tel que vous voyez, messieurs, j'ai assez de bon sens pour comprendre que je me trouve devant des juges, que je suis arrêté, et qu'on va me questionner ; mais, foi de Cadet, qui est mon nom, et aussi vrai que je suis un brave garçon, je veux être pendu tout de suite, ou guillotiné, à votre choix, si j'y comprends n'importe quoi...

Il s'interrompit pour respirer, car l'haleine lui manquait un peu, et reprit vivement :

— Vous me faites mettre la main au collet et conduire au poste... — Vous me forcez à traverser les rues entre deux sergents de ville, comme un malfaiteur dangereux, ça n'est pas drôle, je vous assure, et je n'ai guère envie de rire... — Est-ce que j'aurais démoli hier, sur la voie publique, une colonne à gaz avec mon berlingot?... — Eh! bien ça sera tant pis pour mon boursicot... je payerai le raccommodage... — Voyons, de quoi m'accuse-t-on? — Sarperlipopette, il faut le dire...

C'était une bonne et franche figure que celle du cocher Cadet, figure un peu enluminée par l'abus des petits verres, mais ouverte, intelligente et presque spirituelle.

Petit plutôt que grand, et rond comme une barrique, Cadet avait des yeux bleus, une épaisse chevelure blonde qui frisait naturellement; il portait de petites moustaches et des favoris en côtelettes.

Il était vêtu proprement, en garçon soigneux.

Les magistrats étudiaient la physionomie de cet homme qu'entourait dans son quartier l'estime universelle, et ils la trouvaient sympathique.

M. de Gibray prit la parole.

— On ne vous accuse point, mon ami... — dit-il d'une voix qui n'avait rien de sévère.

— Cependant, on m'a bel et bien empoigné... — répliqua vivement Cadet. — J'imagine que ce n'était pas pour me donner un prix de vertu...

—· L'arrestation toute provisoire dont vous vous plaignez n'était qu'une simple mesure de précaution prise par M. le commissaire de police de votre quartier...

— Et pourquoi faire, cette précaution?...

— Pour que personne ne pût vous interroger avant nous...

— M'interroger! — répéta Cadet. — Je m'en doute bien que vous voulez m'interroger... mais sur quoi?... — Je n'ai rien fait qui ne soit à faire...

— Nous en sommes persuadés...

— Alors, qu'est-ce que vous voulez connaître?...

— L'emploi de votre temps depuis hier soir.

— L'emploi de mon temps?...

— Oui, je suppose qu'il vous sera facile de nous édifier à ce sujet.

— Facile... facile... pas déjà tant!...

— Pourquoi donc ?

— Parce que je m'étais donné hier soir un joli coup de sirop... et ça embrouille bigrement la mémoire, les coups de sirop... — Cependant, en cherchant un peu, je trouverai moyen de me souvenir...

— D'abord et d'une, je suis allé...

M. de Gibray interrompit le cocher.

— Attendez... — lui dit-il, — tout à l'heure vous répondrez à mes questions, mais nous devons procéder par ordre...

— Comme il vous plaira, mon magistrat...

— Vous vous nommez ?...

— Claude-Léonard Carré, dit Cadet, à cause que je suis venu au monde le dernier de trois frères et d'une sœur.

— Où êtes-vous né ?...

— Dans le quartier, mon magistrat, à La Chapelle même...

— Quelle rue ?

— Rue des Cinq-Moulins, aujourd'hui rue Stéphenson, numéro 10...

— Votre famille ?

— Ah ! mon magistrat, ne m'en parlez pas ! — Le père, la mère, ma sœur et mes trois frères ne sont plus de ce monde... — Je suis un orphelin... un pauvre orphelin... et célibataire... — Ça n'est pas que je fasse fi du beau sexe, jamais de la vie ! honneur aux dames ! ! — je me marierais bien, mais j'aime un peu trop lever le coude, chacun sait ça,

et les mamans dans le quartier se défient... —
Mon Dieu, elles ont peut-être raison... et pourtant
je n'ai point le vin méchant...

— Votre âge?

— Trente-cinq ans...

Le secrétaire du commissaire de police, faisant
fonction de greffier du juge d'instruction, écrivait
les questions du magistrat et les réponses de Cadet.

M. de Gibray continua :

— C'est vous qui conduisiez hier le coupé de remise portant le numéro 5,583, appartenant à
M. Binet, votre patron?

— Oui, monsieur... La voiture est bonne et le
bidet marche comme un zéphir... — On nourrit
bien les poulets d'Inde, chez le patron...

VIII

— Y a-t-il longtemps que vous exercez l'état de cocher? — poursuivit le juge d'instruction.

— Depuis l'âge de vingt ans, — répondit Cadet.

— Et vous êtes au service de M. Binet?...

— Depuis cinq années... — J'ai passé huit ans chez un loueur nommé Samuel, qui est décédé, mais dont j'ai les certificats en règle, et deux ans à la Compagnie générale...

— Pourquoi n'y êtes-vous pas resté?

Cadet se gratta la tête.

— Ah! voilà... — répliqua-t-il avec embarras, — j'en ai quitté à cause de ma satanée manie de préférer le petit bleu d'Argenteuil au ratafia de grenouilles...

Un léger sourire plissa les lèvres du juge d'instruction.

En voyant ce sourire, le cocher comprit que l'é-
vidente franchise de sa confession produisait une
impression favorable.

Il se sentit aussitôt plus à l'aise.

M. de Gibray reprit :

— A quelle heure avez-vous commencé votre service hier ?

— A midi moins le quart... — Je suis allé sta-
tionner au chemin de fer du Nord, où j'ai chargé
presque tout de suite une dame et ses bobéchardes
qu'il fallait conduire à la gare Montparnasse... —
Une course de longueur !... Et j'ai encaissé un
franc soixante centimes ! — Deux sous de pourboire !... C'était pas riche ! Ensuite...

Le juge d'instruction interrompit le cocher.

— Nous reviendrons à l'emploi de votre temps...
— fit-il. — Pour le moment, dites-moi à quelle
heure vous êtes rentré cette nuit.

Cadet se gratta de nouveau la tête, ce qui chez
lui décelait un grand trouble, et garda le silence.

— Pourquoi vous taisez-vous?... — demanda
M. de Gibray.

— Ah ! voilà...

— La mémoire vous fait-elle défaut?

— Un peu, mon juge... — J'étais pas mal *éméché*, comme on dit... et, foi de Cadet, je ne pourrais pas préciser... — Il pouvait être aux environs de deux heures du matin, peut-être un peu plus, peut-être un peu moins... — Il commençait à neiger fin et serré, et ça me coupait la figure...

— Nous saurons à quelle heure la neige a commencé...

Le brigadier des sergents de ville intervint.

— Juste à une heure et demie, monsieur le juge d'instruction... — dit-il, — je venais de faire une ronde et je *rappliquais* au poste.

— Vous voyez!... — s'écria Cadet triomphant. — On a beau être dans les vignes, on garde sa jugeotte tout de même.

— Mais, j'y songe, — reprit M. de Gibray, — pour rentrer ici, vous êtes obligé de vous faire ouvrir la porte de la cour...

— Non, monsieur, j'avais ma clef.

—Comment cela?

Le loueur prit la parole et répéta l'explication antérieurement donnée par lui au commissaire du quartier.

I.   5.

— Vos cochers rentrent à toute heure de la nuit? — demanda le juge d'instruction.

— Oui, monsieur... — Un homme de garde me coûterait très cher, et d'ailleurs un homme ne suffirait pas s'il fallait passer toutes les nuits.

M. de Gibray indiqua par un signe que l'explication lui semblait satisfaisante, puis il continua en s'adressant à Cadet :

— Une fois rentré, qu'avez-vous fait?

— J'ai mis mon cheval à l'écurie et roulé ma voiture sous le hangar... Je me souviens même que j'ai eu du mal... — Ce gredin de froid m'avait saisi, et la tête me tournait comme une toupie d'Allemagne...

— Avant de vous retirer, n'avez-vous point ouvert votre voiture?

— Peut-être oui, peut-être non... Je ne me rappelle pas... Mais le palefrenier pourra vous le dire...

— Comment le saurait-il, puisqu'il n'était pas là ?...

— Ça ne fait rien...

— Expliquez-vous.

— Ça ne sera ni long ni difficile... — Nous autres cochers nous avons reçu du patron l'ordre de

sortir de la voiture le paillasson avant de nous en aller, et de le placer sur le siège afin qu'il sèche s'il est humide... Vous voyez d'ici venir la chose... —
— Si François a trouvé le paillasson sur le siège, c'est que j'ai ouvert la boîte... S'il ne l'a pas trouvé, c'est que le coup de verjus et le froid qui m'étourdissaient m'avaient fait oublier ma consigne...

— Le paillasson était-il sur le siège? — demanda le juge au palefrenier.

— Non, monsieur... — répondit François.

— Vous en êtes sûr?

— Oh! monsieur, absolument sûr.

M. de Gibray revient au cocher.

— Donc, il était deux heures quand vous êtes rentré... — lui dit-il. — D'où veniez-vous?

— De la rue Montorgueil, au coin des Halles... — répondit Cadet sans hésiter.

Le chef de la sûreté lança un rapide coup d'œil aux deux agents qui tenaient l'un et l'autre un carnet à la main et prenaient des notes.

Ce coup d'œil, — il était impossible de s'y tromper, — leur enjoignait d'être tout particulièrement attentifs à cette partie de l'interrogatoire.

— Qui aviez-vous conduit rue Montorgueil?

— Deux voyageurs.

— Un homme et une femme?

— Excusez, monsieur, deux hommes.

— Sont-ils descendus dans un hôtel ou dans une maison particulière?

— Je me suis arrêté en face d'un hôtel.

— Qu'on vous avait indiqué d'avance ?

— Non, monsieur... — Je me souviens parfaitement... — L'un des voyageurs m'avait dit : — *Rue Montorgueil... vous suivrez la rue au pas... je vous arrêterai devant l'hôtel où je veux loger et dont j'ai oublié le numéro...* — En effet, devant la maison, il sonna et je stoppai...

— Où aviez-vous chargé ces voyageurs?

— Dans deux endroits différents... — l'un avenue de Saint-Mandé, l'autre à la gare du Nord...

Le juge d'instruction échangea un regard avec le substitut et le chef de la sûreté.

Les deux agents continuaient à prendre des notes.

— Vous étiez donc allé conduire quelqu'un à Saint-Mandé? — continua M. de Gibray.

— Oui, monsieur... — un monsieur et une dame... dans la rue Eugénie...

— Quelle heure était-il ?

— J'étais arrivé à Saint-Mandé sur le coup de six heures et demie, sept heures...

— Et c'est après avoir mis ces deux personnes rue Eugénie que vous avez pris le voyageur en question ?

— Oh ! non, monsieur, c'est beaucoup plus tard... — En quittant la maison en question je suivais l'avenue, espérant trouver quelqu'un qui rentrerait à Paris... — Il faisait froid et j'avais *liche* pas mal depuis le matin, ce qui m'avait donné une soif de tous les diables... — Plus on boit, plus on veut boire, vous savez ça, mon juge ? — Je venais de recevoir un bon pourboire de vingt sous... — Je me disais que je pourrais bien casser la pièce et m'offrir un demi-setier... — En arrivant près des *Barreaux-Verts*, un restaurant pas loin de la barrière du Trône, je vois deux voitures de place à la porte... — *Tiens que je me dis, des collègues !* — *Ils attendent sans doute des gens en train de faire la noce là dedans... Ça serait peut-être l'occasion de ne pas rentrer à vide...*

» Je vas *illico* me ranger derrière les voitures, je mets la musette à mon cheval et j'entre dans l'établissement... — Mes deux collègues étaient en train de tutoyer les fioles... — Il y en avait un que je connaissais... — Ils attendaient une société qui dînait aux *Barreaux-Verts*... Entre camarades une

politesse n'est pas de refus... — J'accepte de trin-
quer et me voilà à table, faisant une partie de *zanzibar* et *pinçant la taille aux petites filles...*

— Qu'entendez-vous par ces expressions au
moins singulières?

— Le *zanzibar*, mon juge, c'est une partie de
dés... *Pincer la taille aux petites filles*, c'est vider des
demi-bouteilles de vin cacheté...

— Alors, c'est aux *Barreaux-Verts* que vous avez
pris votre premier voyageur?

— Pas dans l'établissement, monsieur... il venait du dehors... — Voici la chose : — Nous jouions
toujours et nous buvions ferme... — Nous avions
déjà séché pas mal de fioles à nous trois... — Le
temps passait... — La langue commençait à s'é-
paissir... — Je prenais les six pour les douze et les
as pour les quatre... J'avais une veine... Oh! quelle
veine !... — J'amenais des deux cents à tout coup...
— Y avait pas de raison pour que ça finisse, quand
le patron du restaurant, qui mettait les volets à la
devanture, rentra en disant : *Y a-t-il un cocher
qui veuille charger?...* — *Moi*, que je réponds...
— Le voyageur venait de paraître sur le seuil
de la porte. — *Alors*, fit-il, *dépêchez-vous! je suis
pressé...*

— Quelle heure était-il? — demanda le juge d'instruction.

— Minuit, ou environ... Ah! la partie avait duré longtemps...

— Pouvez-vous donner le signalement exact du voyageur?...

Cadet fit une moue significative.

— Le signalement... — répéta-t-il. — Dame! monsieur, ça serait peut-être hasardeux... — Songez que j'étais très éméché, sans compter que le particulier avait un cache-nez, qu'il portait son chapeau rabattu sur les yeux, et le collet de son paletot relevé sur les oreilles... — Par le froid qu'il faisait, c'était bien naturel, n'est-ce pas?

— Ainsi vous n'avez rien vu de cet homme?

— Faites excuse... j'ai vu qu'il paraissait jeune, qu'il avait des cheveux blonds, des favoris blonds, des moustaches *idem*, et qu'il portait un pince-nez.

— Était-ce un homme bien mis?

— Un vrai moderne... ficelé comme un caissier d'agent de change... un particulier chic... Il me dit : *Je vous prends à l'heure. — Où allons-nous?* que je demandai. — *Chemin de fer du Nord, et vivement; je vais chercher un de mes amis qui arrive par le train d'une heure. — Montez donc!* que je répondis. Il

sauta dans le berlingot et referma sur lui la portière. J'ôtai la musette à *Galopin* (Galopin, c'est
mon cheval), je grimpai sur mon siège, et en route
pour la gare du Nord, côté de l'arrivée... — Ma tête
chavirait un peu, je voyais trente-six mille chan-
delles, mais ça allait tout de même...

— Le patron des *Barreaux-Verts* a vu comme
vous ce voyageur... — Pensez-vous qu'il l'ait
examiné avec attention ? — fit M. de Gibray.

— Quant à ce qui est de ça, mon juge, je ne
pourrais pas vous dire...

— A quelle heure êtes-vous arrivé à la gare ?

— A une heure moins un quart... — Je suis bien
sûr de ne pas me tromper, attendu que j'ai regardé
le cadran de l'horloge.

IX

— Une fois à la gare, que fit votre client? — demanda le juge d'instruction.

— Il descendit et il alla se balader dans la salle où on attend l'arrivée des voyageurs... — A une heure j'entendis siffler le train... — Un moment après ma pratique revint avec un autre bourgeois; ils montèrent dans le berlingot et c'est alors, comme je vous l'ai dit, qu'il me donna l'ordre de le conduire rue Montorgueil...

— Pourriez-vous reconnaître le second voyageur?

— Oh! ça, monsieur, non, par exemple... — Il était emmitouflé dans un grand cache-nez blanc;

on ne lui voyait rien de la figure... — Je me souviens d'une seule chose...

— Laquelle ?

— C'est qu'il avait le bras gauche en écharpe...

— Vous êtes certain de cela ?... — dit vivement M. de Gibray.

— Oui, mon juge...

— Bien... — Il me reste à vous adresser encore quelques questions très sérieuses... — Tâchez de préciser vos souvenirs et surtout répondez-moi avec la franchise la plus absolue.

— Mais c'est ce que je fais tout le temps, monsieur... — répliqua le cocher d'un air fort digne, — je ne mens pas et je n'ai aucune raison pour mentir, n'ayant, grâce à Dieu, rien à cacher... — Si je me mets des fois *en ribote* ça ne fait de mal qu'à ma bourse... ça ne m'empêche pas d'être honnête et de bien conduire une voiture... — Demandez au patron...

— L'ivrognerie est un vice abject qui de l'homme fait une brute, et je vous engage fort à vous en corriger ; mais, quoiqu'en vous infligeant à ce sujet un blâme sévère, je rends justice à votre honnêteté, que tout le monde ici proclame et dont je n'ai, quant à présent, pas le droit de douter...

Cadet devint rouge comme une pivoine.

— Vous me rendez justice, et ça m'honore... — murmura-t-il; — merci, mon juge.

— Je vous répète de rappeler vos souvenirs... — Une fois rue Montorgueil, on vous sonna pour arrêter en face de l'hôtel dont vous m'avez parlé tout à l'heure?...

— Oui, mon juge.

— Les deux voyageurs sont-ils descendus?

— Naturellement, puisque nous étions arrivés...

— Vous les avez vus descendre?...

— Non, mon juge, mais c'est tout comme... — Je suis certain qu'ils sont descendus...

— Je vous comprends mal... — Expliquez-vous... — Vous n'étiez point assez ivre pour ne pas voir deux personnes sortir du coupé que vous conduisiez...

— Mon juge, voici l'anecdote, et vous allez comprendre... — Quand j'eus stoppé, le voyageur blond, celui que j'avais chargé à Saint-Mandé, descendit le premier en disant à son camarade : — *Attendez un peu, je vais prier le cocher de me donner de la monnaie...* — Et il me tendit une pièce de quarante francs en ajoutant : — *Je suis content... vous nous avez menés bon train... gardez dix francs...* — C'était

généreux, mais je n'avais pas trente francs à rendre... — Je lui en fis l'observation... — Il répondit
qu'il manquait de monnaie, lui aussi, mais que je
trouverais certainement à la halle une boutique de
mastroquet encore ouverte où on changerait la
pièce... — Il me payait dix francs ce qui en valait
six... — Vous comprenez que je pouvais être ser-
viable et attentionné pour ce prix-là... — Je dégrin-
golai de mon siège et j'allai chercher la monnaie
chez un mannezingue de la rue Montmartre que je
connaissais et qui reste ouvert toute la nuit... —
Quand je revins, mon voyageur m'attendait sur la
porte de l'hôtel... — *Dépêchez-vous,* — qu'il me dit,
— *je gèle et voilà que la neige commence à tomber...* —
C'était vrai... — Le grésil me coupait la figure...—
Je lui comptai sa monnaie et j'ajoutai : — *Est-ce
que votre camarade ne descend pas?...* — Il se mit à
rire et répliqua : — *Mon camarade, il est entré depuis
longtemps... bonsoir mon brave...* — Et il disparut
dans l'hôtel en tirant la porte sur lui... — Ma voiture était fermée et la neige redoublait. — Je re-
grimpai sur mon siège, et en route pour la maison, où j'arrivai, je vous l'ai dit, vers deux heures...

— Reconnaîtriez-vous l'hôtel où vous avez conduit ces deux voyageurs?

— Oh! parfaitement, monsieur... — j'irais les yeux fermés... — Je connais mon Paris comme ma poche... Je vous y conduirai quand vous voudrez.

— De la gare du Nord à la rue Montorgueil la course est longue...

— Assez comme ça...

— Pendant le trajet n'avez-vous entendu dans votre voiture aucune discussion violente, aucun bruit de querelle, aucun cri ?

Après un instant de réflexion, Cadet répliqua :

— Certainement j'avais la tête lourde et, comme ça m'arrive souvent à la suite d'un coup de verjus, j'étais dans un demi-sommeil qui ne m'empêchait point de conduire *Galopin* recta, et d'éviter les accrocs à ma boîte; mais si on s'était disputé, si on avait crié, j'aurais bien entendu, et je ne me rappelle rien de ce genre, absolument rien.

— Le voyageur que vous avez pris à la gare du Nord n'avait-il aucun bagage avec lui? — demanda Jodelet, l'agent de la sûreté.

— Aucun, monsieur.

— Pas même un sac de nuit?

— Pas même... ou, s'il en avait un, il ne le portait pas d'une façon visible.

Ces demandes et ces réponses, quoique ne faisant point partie de l'interrogatoire officiel, furent inscrites au procès-verbal.

— Monsieur le juge d'instruction veut-il me permettre d'appeler son attention sur un point?... — dit Martel, le second agent.

— Certes ! — Parlez...

— Il existe un détail dont il me semble qu'il serait opportun de se préoccuper beaucoup...

— Quel est ce détail?

— Le fait relatif au voyageur qui a payé la voiture après avoir dit à son compagnon : — *Attendez un peu... je vais prier le cocher de me donner de la monnaie...* Monsieur le juge d'instruction comprend sans le moindre doute combien il est essentiel d'établir que ces paroles ont bien été prononcées...

— J'en lève la main !! — s'écria Cadet. — Quand le voyageur blond est descendu, il a dit ça et pas autre chose...

— Or, — continua Martel, — le coup a-t-il eu lieu pendant le trajet de la gare du Nord à la rue Montorgueil, ou pendant que le cocher avait quitté la voiture pour aller rue Montmartre chercher de la monnaie?

Cadet écoutait, la bouche béante et les yeux arrondis.

Ne sachant point encore qu'on avait trouvé dans sa voiture le corps d'un homme assassiné, il ne comprenait pas, mais il commençait à deviner que, sous ce mystère, se cachait quelque chose d'effroyable.

M. de Gibray répondit à l'observation de l'agent :

— Je suis d'avis que le crime a dû s'accomplir pendant le trajet, ce qui démontre le prodigieux sang-froid de l'assassin en face du cadavre de sa victime, mais cela n'a qu'une importance relative...

— Il est autre chose qu'il est urgent d'éclaircir...

S'adressant alors à Cadet, il continua :

— Avez-vous remarqué si le voyageur que vous avez pris aux *Barreaux-Verts* et qui vous a payé rue Montorgueil avait un accent particulier ?

— Il en avait un, monsieur, et assez prononcé...

— Lequel ?

— On aurait dit un Alsacien, un Prussien ou un Russe...

— Ceci est bon à savoir et peut devenir très utile... — Ainsi, vous reconnaîtriez mieux ce jeune homme à sa voix qu'à son visage?...

— Ça ne fait pas l'ombre d'un doute, puisque j'ai bien entendu la voix et que j'ai mal vu la figure...

— Je vais maintenant vous apprendre la cause

de votre arrestation momentanée, et la raison de l'interrogatoire que vous venez de subir...

— Ah ! mon juge, ça ne sera pas dommage ! — répondit Cadet qu'aiguillonnait la curiosité. — Depuis que deux sergents de ville m'ont mis la main au collet pour me conduire au poste, je me fais l'effet d'un cocher égaré dans le brouillard sur la place de la Concorde.

— Un crime a été commis dans votre voiture.

Cadet devint pâle.

— Un crime ! — balbutia-t-il, — un crime, dans ma voiture ! — Ce n'est pas possible !...

— Ce n'est malheureusement que trop vrai... — Des deux voyageurs que vous avez conduits cette nuit rue Montorgueil, l'un a assassiné l'autre...

— Miséricorde ! que me dites-vous là ? — s'écria le cocher avec un geste d'horreur.

M. de Gibray poursuivit :

— Et vous avez ramené cette nuit, sans le savoir, le cadavre de la victime !...

De pâle qu'il était déjà, Cadet devint livide.

Il flageola sur ses courtes jambes ; — un tremblement convulsif secoua ses membres.

D'une voix à peine distincte, il bégaya ces mots :

— Mon Dieu... et l'on m'a soupçonné, moi, d'avoir assassiné ce malheureux...

— On ne vous a point soupçonné, — répliqua le juge d'instruction, car vous vivez au milieu de gens qui vous connaissent bien et dont le témoignage vous est favorable... — Sauf votre amour immodéré pour la boisson, personne n'a rien à vous reprocher... — Soyez donc sans crainte... — A partir de ce moment vous êtes libre, seulement ne vous éloignez point de Paris et restez à la disposition de la justice, qui aura certainement besoin de vous...

— Ah! mon juge, — s'écria Cadet avec une expansion naïve, — elle peut bien disposer de moi, la justice!... Je ne lui marchanderai pas mon temps. — Qu'elle se serve de moi huit jours, quinze jours, trois semaines et même davantage, je serai content, pourvu qu'elle arrive à découvrir le gredin qui a fait le coup!... — Quand je pense que le scélérat a tué un homme dans ma voiture et que je n'ai rien entendu, que je ne me suis douté de rien, parce que j'étais ivre comme une brute, je m'arracherais de bon cœur une poignée de cheveux! — Ah! monsieur, quelle leçon! — Si je bois à l'avenir une goutte de plus que ma suffisance, je veux que la butte Montmartre m'écrase!...

— Ceci est une sage résolution, — dit M. de Gibray en souriant, — et je vous en félicite. Mais la
tiendrez-vous?

— Oui! j'en fais le plus grand serment!

— Tant mieux pour vous si vous n'y manquez
pas. — Savez-vous écrire?

— Oui, mon juge.

— Alors, signez votre interrogatoire après qu'on
vous en aura donné lecture.

X

Cadet écouta la lecture, donna sa signature agré-
mentée d'un superbe paraphe et dit :

— Ça serait-il un effet de votre bonté de m'apprendre, mon juge, si présentement je peux m'en
aller?...

— Tout à l'heure... — répliqua M. de Gibray. —
Vous serez entièrement libre aussitôt que vous aurez reconnu le cadavre...

— Le cadavre! — s'écria Cadet avec un soubre-
saut violent. — Il est donc ici?...

— N'avez-vous pas compris que votre voiture
l'avait ramené?... — dit le juge d'instruction. —
Suivez-moi.

Les magistrats, les témoins et les agents se rendirent dans la cour, sous le hangar où l'homme assassiné gisait sur des bottes de paille.

— Levez la couverture... — commanda le chef de la sûreté à un gardien de la paix.

Celui-ci s'empressa d'obéir et découvrit le corps.

Cadet regardait, effaré.

— Le reconnaissez-vous ?

— Je reconnais bien le cache-nez blanc, messieurs, mais je ne reconnais pas l'homme, et je doute beaucoup que ce soit le même...

— Pourquoi ce doute ?

— L'autre avait le bras gauche en écharpe.

— Jodelet, — dit le chef de la sûreté, — voyez donc un peu s'il y a une blessure au bras gauche...

L'agent opéra la constatation demandée.

— Je ne vois absolument rien, — fit-il ensuite, — et d'ailleurs on n'a pas trouvé l'écharpe qui devait soutenir le bras.

— C'est un point obscur de plus à éclaircir... — L'examen chirurgical du membre en question nous donnera peut-être le mot de l'énigme... — Quant à l'écharpe, l'assassin a pu s'en emparer, donc son absence ne prouve rien... — Il va falloir conduire ce cadavre à la Morgue...

Le loueur s'avança.

— Je mets une voiture à votre disposition... — dit-il.

— J'accepte votre offre... — Le brigadier Fontaine avec deux de ses hommes accompagnera le corps... — Quant à vous, Cadet, — ajouta le juge d'instruction en s'adressant au cocher, — j'aurai besoin de vous tantôt... — Soyez au Palais de Justice, dans mon cabinet, à une heure précise... — Vous direz à l'huissier que vous venez pour l'affaire de la rue Ernestine... il vous introduira sur-le-champ.

— Mon magistrat, je serai exact.

Un violent coup de sonnette retentit à la porte d'entrée.

— Allez ouvrir, — ordonna le loueur au palefrenier, — et voyez ce qu'on veut...

François courut à la porte et l'ouvrit.

Un brigadier de sergents de ville parut sur le seuil.

Il tenait une lettre à la main.

C'était le brigadier Lannoy dont nous avons fait la connaissance au cimetière du Père-Lachaise.

— M. le chef de la sûreté est bien ici ? — demanda-t-il.

— Oui, là-bas, au fond, sous le hangar, — répondit François.

Le brigadier traversa rapidement la cour, s'arrêta près du groupe en faisant le salut militaire et dit :

— Monsieur le chef de la sûreté, je viens de la préfecture où j'ai appris que je vous trouverais ici.

— Que me voulez-vous?

— Je vous apporte une lettre.

— De quelle part?

— De la part de M. Berthier, le commissaire de police du quartier du Père-Lachaise.

En même temps il tendit la missive au chef de la sûreté qui la prit, déchira l'enveloppe et déplia la feuille de papier qu'elle contenait.

A peine avait-il lu les premières lignes que ses sourcils se froncèrent et que son visage devint sombre.

— Qu'y a-t-il donc? — lui demanda le substitut.

— Il y a que nous sommes dans le jour des énigmes sanglantes!... — On réclame la présence du parquet et la mienne au cimetière du Père-Lachaise où l'on a trouvé ce matin, dans un tombeau, une femme assassinée...

Un frisson passa sur la chair des auditeurs de cette étrange nouvelle.

— Dans un tombeau !... — répéta le juge d'instruction.

— A ce qu'il paraît, et le commissaire de police a dû faire forcer la serrure de la grille pour arriver jusqu'au cadavre...

— Vous aviez raison, c'est le jour des énigmes sanglantes, des crimes incompréhensibles !... — Nous avons fait ici ce que nous avions à faire, il faut nous hâter d'aller au Père-Lachaise... — Cocher Cadet, au Palais de Justice, à une heure précise... — Partons, messieurs...

Les magistrats s'installèrent dans les voitures qui les avaient amenés.

— J'ai un fiacre, messieurs, — dit le brigadier Lannoy aux agents Jodelet et Martel, — vous monterez avec moi...

— Très volontiers...

Le commissaire de police du quartier reçut les dernières instructions du chef de la sûreté, puis la porte fut ouverte à deux battants et les voitures sortirent de la cour..

La foule était toujours compacte dans la rue, mais moins bruyante, presque silencieuse.

Elle savait que de l'autre côté de la muraille il y avait un cadavre sanglant, et la présence de ce cadavre lui inspirait une sorte de recueillement.

Cependant, lorsque Cadet se montra sur le seuil en compagnie de son patron, on lui fit une ovation chaleureuse.

Toutes les mains se tendirent pour saisir la sienne, puis on l'entoura curieusement afin de le questionner au sujet du mystérieux drame qu'il devait connaître mieux que personne, y ayant joué un rôle important.

Pendant ce temps le brigadier Fontaine partait pour conduire à la Morgue le corps de l'individu trouvé dans la voiture 5,583.

Rejoignons le juge d'instruction, le chef de la sûreté, le substitut du procureur de la République, etc... au moment où ils entraient dans les bureaux du conservateur du cimetière.

Celui-ci, en compagnie du commissaire de police, attendait avec impatience le retour du brigadier Lannoy.

Le commissaire avait commencé la rédaction de son procès-verbal.

En voyant arriver les voitures, il poussa un : *ouf!...* de satisfaction...

— Enfin, vous voici, messieurs ! — dit-il aux magistrats ; — je souhaitais d'autant plus vivement votre présence que l'affaire au sujet de laquelle je vous ai fait prévenir est plus obscure...

Et en peu de mots il mit les nouveaux venus au courant de ce qui s'était passé le matin.

— Vous vous étonniez de notre retard, je le comprends... — fit le juge d'instruction après avoir écouté avec attention. — Vous ne vous étonnerez plus quand vous saurez que votre émissaire a dû venir nous trouver à La Chapelle où nous étions retenus par une enquête au sujet d'un assassinat non moins mystérieux, non moins incompréhensible que celui qui nous amène ici... — Vous avez commencé un procès-verbal ?

— Oui.

— Voulez-vous me le communiquer ?

— Le voici.

M. de Gibray en prit connaissance.

— Étrange ! — murmura-t-il ensuite. — Rendons-nous sur le lieu du crime...

— Dois-je faire venir immédiatement les ouvriers qui ont découvert le cadavre ? — demanda le conservateur.

— C'est indispensable...

Un employé du cimetière fut expédié à la recherche des marbriers, qu'il trouva chez un marchand de vin de la rue du Repos où ils attendaient avec patience l'arrivée de la justice.

Ils s'empressèrent de solder leur dépense et de se rendre auprès du tombeau où les magistrats les avaient précédés de quelques minutes.

Un certain nombre de curieux auraient bien voulu s'approcher du monument funéraire, mais les agents, fidèles à la consigne donnée, les tenaient à distance.

Le commissaire de police montra les taches de sang qui tranchaient sur la blancheur de la neige et avaient fait découvrir le crime.

Il expliqua de vive voix ce que relatait déjà son procès-verbal, c'est-à-dire la nécessité absolue de faire forcer la porte, après l'invincible résistance opposée par le pêne aux tentatives d'un serrurier.

Son explication touchait à son terme quand arrivèrent les marbriers et les gardiens présents à l'ouverture du tombeau.

La porte, que la serrure ne retenait plus, fut rouverte aussitôt.

La description de l'intérieur du monument funèbre devenant nécessaire pour l'intelligence de ce qui va suivre, nous allons donner cette description en aussi peu de mots que possible.

Le tombeau, construit en granit grisâtre, sans aucune sculpture extérieure, sauf un écusson surmonté de la couronne de comte, — occupait, — nous croyons l'avoir dit, — une superficie de vingt-huit ou trente mètres carrés.

Au fronton de style gothique ne se lisait aucune inscription.

Dans les murailles latérales, à une hauteur de plus de deux mètres, des trèfles à jour, — nous le savons déjà, — éclairaient l'intérieur.

Au fond, adossé au mur et faisant face à la porte, s'élevait un petit autel en marbre avec tabernacle.

Sur cet autel reposaient un christ de cuivre argenté et quatre flambeaux du même métal garnis de cierges de cire jaune, les uns intacts, les autres consumés à demi.

Six chaises en forme de prie-Dieu meublaient cette sorte de chapelle, six chaises de bois noir, à dossiers élevés, à sièges très bas recouverts en vieilles tapisseries aux couleurs éteintes.

Trois de ces chaises étaient renversées.

Les autres étaient debout, mais sans ordre et comme au hasard.

Un tapis fané couvrait en partie les dalles de

marbre, alternativement noires et blanches comme les cases d'un damier.

Sur les parois de droite et de gauche étaient accrochés deux tableaux de l'école italienne.

Le premier représentait la *Descente de croix.*

Le second reproduisait la *Résurrection de Jésus.*

Une buée humide, formant comme un voile de brouillard sur les tons jaunes du vernis, rendait presque indistinctes les figures de ces deux tableaux.

XI

Un demi-jour lugubre régnait dans l'intérieur que nous venons de décrire.

Quelques couronnes s'étalaient devant l'autel, toutes fanées, à l'exception d'une seule absolument fraîche.

Le cadavre de la femme assassinée était étendu sur le dos, nous le savons.

Une écume rougeâtre moussait aux commissures de ses lèvres blanchies.

Un filet de sang dessinait une ligne pourpre autour de son cou.

Les bras étaient étendus, les mains crispées, les yeux grands ouverts.

6.

Le visage, dont la mort avait immobilisé les traits, offrait une expression d'épouvante et d'horreur.

Les détails dans lesquels nous avons cru devoir entrer, furent relatés d'une façon minutieuse au procès-verbal.

La victime inconnue d'un crime inexpliqué pouvait avoir quarante ans.

Entièrement vêtue de deuil, elle portait un chapeau de crêpe noir recouvert d'un long voile de même étoffe.

Une blessure profonde se voyait à son cou.

La forme de cette blessure indiquait clairement que le meurtrier avait fait usage d'un poignard à lame triangulaire.

— Procédons par ordre... — dit M. de Gibray après les premières constatations ; — il faudrait fouiller les vêtements de la morte...

Jodelet s'agenouilla près du corps et vida consciencieusement les poches.

Elles ne renfermaient d'autre objet qu'un mouchoir de toile fine.

— Voyez la marque du mouchoir... — commanda le juge d'instruction.

— Aucune marque, monsieur, — répliqua Jodelet surpris, à la suite d'un rapide examen ; — c'est ici comme à la rue Ernestine...

Les magistrats se regardèrent, étonnés.

M. de Gibray reprit :

— La marque qui manque au mouchoir se trouvera peut-être au linge de corps.

L'agent de police, avec une dextérité qui témoignait d'une grande habitude, dégrafa le corsage de la robe de deuil et défit le corset qui serrait la taille de la morte.

Ce corset, qu'on eût dit trempé dans le sang, avait été percé du côté gauche par un instrument aigu et tranchant.

— Il y a une seconde blessure au cœur ! — s'écria Jodelet qui venait de mettre la poitrine à nu.

— La plaie du cœur ressemble à celle de la gorge, et toutes deux sont pareilles à la blessure du cadavre de la rue Ernestine !...

Pendant quelques secondes un profond silence régna dans le tombeau.

Magistrats et témoins semblaient frappés d'une sorte de stupeur.

M. de Gibray reprit la parole.

— Que dites-vous là, Jodelet ? — fit-il en se penchant vers le corps inanimé.

— Ce que je dis est bien simple, — répliqua l'a-
gent,— et monsieur le juge d'instruction peut s'en
assurer par ses propres yeux... —On jurerait que la
même main, armée du même couteau, a frappé
cette malheureuse et l'homme au cache-nez blanc
assassiné dans une voiture de remise.

Le chef de la sûreté se baissa, prit son binocle,
et examina les plaies béantes par où l'âme s'était
échappée.

— C'est ma foi vrai!... — fit-il ensuite, —
l'identité me paraît complète... — Voyez, messieurs...

M. de Gibray et le commissaire aux délégations
procédèrent à un examen non moins attentif que
ne l'avait été celui du chef de la sûreté.

— La ressemblance existe en effet, — dit le juge,
—et même elle est frappante; mais comment admettre une si étrange connexité entre deux crimes
commis en deux lieux différents?... —C'est invraisemblable au point d'en paraître inadmissible... —
La lumière se fera...

— Parbleu! la lumière se fait toujours, ou du
moins presque toujours, mais quelquefois ce n'est
pas sans peine... — murmura le chef de la sûreté.

— Voyez l'expression du visage, — poursuivit

M. de Gibray, — regardez [ces mains crispées...
Cette femme a lutté contre la mort...

— Ou contre le meurtrier, — s'écria Jodelet en
saisissant une des mains du cadavre, et il ajouta
presque aussitôt : — Ah ! voici donc enfin quelque
chose d'utile!... un indice !...

— Un indice! — répéta le juge d'instruction. —
Quel est cet indice?

— Une mèche des cheveux de l'assassin, arrachée
pendant la lutte suprême et restée dans la main de
la victime... — Ce sont des cheveux blonds... —
Or, l'inconnu que le cocher Cadet a pris à Saint-
Mandé pour le conduire à la gare du Nord, et de
là rue Montorgueil, cet inconnu, l'assassin de
l'homme au cache-nez blanc, avait des cheveux
blonds!...

— J'avoue que la coïncidence est singulière, —
fit M. de Gibray. — Ne touchez pas à ces cheveux,
Jodelet, à moins qu'ils ne puissent tomber et se
perdre...

— Oh ! quant à ça, point de danger, — répondit
l'agent de police, — les doigts raidis les serrent et
ne les lâcheront pas...

— C'est bien... — Le linge est-il marqué?

— Je ne trouve aucune marque, monsieur...

— N'ai-je pas vu un brancard au dehors ?

— C'est moi qui l'ai fait préparer... — dit le conservateur.

— Faut-il porter le corps à la Morgue? — demanda le brigadier Lannoy.

— Oui, et le plus tôt possible...

Deux hommes soulevèrent le cadavre, l'étendirent sur la civière placée dans l'allée, près de la porte du tombeau, et d'épaisses couvertures le dérobèrent aux regards indiscrets des curieux.

— Messieurs, — fit le juge d'instruction, — nous sommes en présence d'un second crime, non moins étrange, non moins mystérieux que le premier... — Cette femme était venue certainement prier ici... — Elle pleurait sans doute, agenouillée devant cet autel, quand on l'a frappée lâchement... — La lutte a été terrible, ces chaises renversées, les cheveux du meurtrier restés aux mains de la victime, le démontrent jusqu'à l'évidence... — Quel a été le mobile de l'assassinat? — Nous le saurons, mais dès à présent je crois plutôt à une vengeance qu'à une pensée cupide... — Le meurtrier, selon moi, ne tuait point pour voler.

— Monsieur le juge d'instruction, — dit l'agent Martel — voyez donc !

— Quoi ?

— L'espèce de petit temple à colonnettes et à coupole est ouvert... — La clef se trouve à la serrure...

L'agent désignait la porte du tabernacle placé sur l'autel, réduction de ceux qui dans les églises renferment le saint-sacrement.

M. de Gibray s'approcha, ouvrit complètement la porte en miniature et regarda dans le tabernacle.

— Il n'y a rien, — dit-il, — mais on a dû certainement y prendre quelque chose, car voici des traces de doigts très distinctes sur la poussière. — Tout cela doit être consigné au procès-verbal.

Jodelet souleva les flambeaux l'un après l'autre, afin de s'assurer que leurs socles ne cachaient rien.

Ces investigations n'amenèrent aucun résultat.

Le juge d'instruction se tourna vers le commissaire de police du quartier du Père-Lachaise.

— Ne m'avez-vous pas dit, — lui demanda-t-il, — que le serrurier appelé par vos ordres n'avait pu ouvrir la porte du tombeau?

Le serrurier était là.

Ce fut lui-même qui répondit :

— J'y ai faussé trois clefs, monsieur le juge... — Impossible de faire jouer le pêne...

— A quoi attribuez-vous cela?

— Je mettrais ma main au feu qu'on a introduit de force quelque objet qui m'a empêché de réussir, car ces grosses serrures peu compliquées n'opposent pas habituellement une forte résistance.

— Avez-vous examiné celle-ci?

— Non, monsieur, nous l'avons laissée telle qu'elle se trouve en ce moment.

— Eh! bien, démontez-la et assurez-vous si vos suppositions sont fondées, et s'il s'y trouve en effet quelque chose d'anormal...

Le serrurier avait ses outils.

Il ne s'agissait que d'enlever une demi-douzaine de vis.

Ce fut fait en un instant, et l'homme du métier put examiner l'intérieur de la serrure.

— Ah! — s'écria-t-il, — je savais bien que je ne me trompais pas.

— Qu'y a-t-il?

— Voyez, monsieur... — On a glissé de petits cailloux qui ont faussé mes instruments et paralysé mes tentatives.

— Cela s'explique à merveille... — dit le juge

d'instruction. — L'assassin, une fois le crime commis, s'est emparé de la clef et a pris ses précautions
pour qu'il fût impossible d'ouvrir tout de suite si la
victime, un moment ranimée, appelait à l'aide,
et si ses cris étaient entendus...

— Peut-être... — murmura Jodelet rêveur.

— Ah ! çà, mais, — s'écria le chef de la sûreté, —
il existe un moyen , sinon de nous éclairer complètement, du moins de trouver une piste.

— Et ce moyen ? — demanda M. de Gibray.

— La personne assassinée doit être connue de la
famille à laquelle appartient ce tombeau... —
Cette famille nous donnera de précieux renseignements.

Le commissaire de police du quartier secoua la
tête.

— Je l'ai cru comme vous, — fit-il, — mais,
après informations prises, j'ai été désabusé.

— Ce monument n'a-t-il donc point de maître?
— Serait-ce un caveau provisoire?

— Non, monsieur, ce n'est pas cela... — Cette
tombe appartient à une famille russe, celle des
comtes Kourawieff, ayant habité longtemps Paris
mais fixée maintenant à Saint-Pétersbourg... —
Ce monument est vide... — Aucun corps, à cette

heure, n'y repose... — Personne au monde ne peut donc avoir de motif pour venir prier ici.

— Vous êtes certain de ce que vous dites ? — demanda M. de Gibray très surpris.

— Absolument certain, monsieur.

— C'est incompréhensible.

— Moins que vous ne le pensez ; et je vais vous donner l'explication du fait qui vous étonne...

XII

Le commissaire de police poursuivit :

— Ce tombeau est construit depuis vingt-quatre ans... — Nous sommes en présence d'une concession à perpétuité... — Le terrain fut acheté par le comte Kourawieff, qui perdit sa femme presque à la même époque. — La mort de la comtesse fit beaucoup de bruit... — Vous ne pouvez avoir oublié cela complètement...

— Je crois, en effet, me souvenir... — dit le chef de la sûreté, après avoir interrogé sa mémoire... — Ne s'agit-il pas d'un assassinat très étrange ?

— Précisément...

Le conservateur prit la parole.

— La comtesse Kourawieff fut enterrée ici, — fit-il. — Mais, un an après, le comte obtint l'autorisation de transporter le corps de sa femme en Russie et l'exhumation eut lieu... — Depuis lors la famille n'habite plus Paris et le tombeau est resté vide...

— L'affaire devient en ce cas de plus en plus obscure!.. — s'écria M. de Gibray. — Quel motif amenait dans le tombeau vide cette malheureuse femme qui devait y trouver la mort?... — Pour y pénétrer, il fallait qu'elle eût une clef... — En avez-vous une, vous, monsieur le conservateur ?...

— Non, monsieur... — Nous n'acceptons pas la garde des clefs des caveaux; cela pourrait nous causer des ennuis. — Généralement les familles confient ces clefs aux marbriers qu'elles chargent d'entretenir les tombes et de veiller au remplacement des fleurs et des couronnes...

— Le comte Kourawieff ne peut-il avoir confié sa clef à un marbrier ? — demanda le juge d'instruction.

— Dans quel but l'aurait-il fait? — On n'a jamais vu cette porte ouverte... — Regardez, d'ailleurs... — La couche de poussière qui couvre l'autel et les dalles, l'état de moisissure du tapis et de l'étoffe des chaises, prouvent que ce tombeau se trouve dans un état de complet abandon.

— Avez-vous questionné vos gardiens pour vous assurer que personne, ces jours derniers, n'était entré ici ?...

— Non, je l'avoue.

Un des gardiens s'avança.

— Monsieur le juge d'instruction, — dit-il, — j'ai vu venir une femme il y a deux jours, et cette femme doit être celle dont on a trouvé le cadavre ce matin...

— Qui vous fait supposer cela ?

— Elle était de la même taille que la personne assassinée, et comme elle vêtue de deuil... — Un long voile couvrait son visage... — Elle ouvrait la porte du tombeau au moment où je passais en faisant ma ronde...

— Portait-elle une couronne d'immortelles ? — demanda vivement Jodelet.

— Aucune... — répliqua le gardien ; — j'en ai fait la remarque, en me disant qu'elle ne se ruinerait pas si elle n'apportait que ses prières...

— Voici cependant une couronne toute fraîche parmi celles qui sont fanées et menacent de tomber en poussière, — fit l'agent de la sûreté en présentant au juge d'instruction la couronne dont nous avons constaté la présence.

— C'est juste... — dit M. de Gibray. — De cela il faut conclure ou que le gardien s'est trompé, ou que quelque autre personne est venue, ou que cette couronne a été apportée, lors de sa dernière visite, par la femme assassinée. — Ceci, d'ailleurs, est de minime importance et ne peut rien éclaircir.

— Ce qui me préoccupe bien autrement, c'est l'affirmation qu'aucun corps ne repose dans le tombeau. — Cela est-il certain ? — Cela est-il prouvé ?

— Certain et prouvé, messieurs... — répondit le conservateur. — J'ai montré ce matin à monsieur le commissaire de police le procès-verbal d'exhumation de la comtesse Kourawieff, et je puis le mettre immédiatement sous vos yeux si vous le désirez...

— C'est inutile, je m'en rapporte à vous... Depuis cette exhumation quelqu'un s'est-il présenté dans vos bureaux au nom de la famille ?

— Jamais... — Ma mémoire est excellente et j'affirme n'avoir vu aucun parent, aucun ami...

Le juge d'instruction était devenu singulièrement pensif.

— Cette femme avait une clef... — murmura-
t-il. — Elle a ouvert, elle est entrée, elle a été
frappée à l'intérieur du tombeau par un assassin
qui la guettait et qui n'a pu mettre son hideux projet à exécution sans une lutte acharnée avec la
victime... — Une fois le crime commis, le misérable a pris la fuite en emportant la clef et en prenant ses précautions pour qu'on ne pût forcer la
serrure... — Les choses se sont passées ainsi, cela
me paraît certain... — Rien de plus facile que de
reconstituer la scène du meurtre ; mais quel était
le mobile de ce meurtre, voilà ce que je ne puis
que conjecturer...

Après un instant de réflexion, M. de Gibray reprit :

— Ce tabernacle ouvert devait renfermer quelque
chose... quelque chose dont l'assassin voulait s'emparer et que la victime avait intérêt à défendre...
— Quoi ? — Chercher seulement à le deviner serait
folie... — Il faut poursuivre l'enquête et trouver un
indice qui nous montre la piste à suivre, car en ce
moment tout est obscur et nous sommes en pleines
ténèbres.

— Ne pourrait-on tâcher de savoir où cette couronne a été achetée ? — demanda le commissaire
de police.

— On pourrait le tenter, mais ce serait certainement sans résultat... — répliqua le chef de la sûreté.

— Pourquoi cela?

— Pour la meilleure de toutes les raisons... —
Cinquante ou soixante marchands, et plus encore
peut-être, sont établis rue de la Roquette et dans
les alentours du cimetière, et vendent ces couronnes qui se fabriquent à la grosse et se ressem-
blent toutes... — Deux ou trois cents clients entrent
chaque jour chez ces marchands... — Comment
diable voulez-vous que le vendeur puisse désigner
l'acheteur d'un objet pareil à mille autres? — Y
compter serait insensé!...

Tandis que le chef de la sûreté disait ces derniers
mots, un gardien du Père-Lachaise accompagné
d'un homme de cinquante ans environ, vêtu proprement d'un paletot grisâtre et d'un chapeau
rond, perçait le cercle des curieux qui s'était formé
à trente ou quarante pas du tombeau et s'avançait
vers le groupe des gens de justice.

— Monsieur le conservateur, — dit le gardien
après avoir salué respectueusement, — voici monsieur Letellier, à qui je racontais tout à l'heure le
crime commis dans le tombeau Kourawieff, et qui

croit avoir des renseignements utiles à donner à la justice.

— Approchez, approchez, monsieur... — fit vivement le juge d'instruction, — et, si vous avez quelque chose à nous apprendre, soyez le bienvenu...

Le personnage désigné sous le nom de Letellier ôta son chapeau et répliqua :

— Mon Dieu, monsieur, c'est bien simple... — Le gardien Hilaire me racontait, ainsi qu'il vient de vous le dire, le crime commis, dont tout le monde s'occupe au Père-Lachaise... — Alors je me suis souvenu d'une chose qui peut vous intéresser...

— Quelle est cette chose ?... — Parlez vite !...

— Hier, sur les trois heures, j'ai vu, comme je vous vois, un jeune homme entrer dans le tombeau Kourawieff...

Il nous paraît superflu d'affirmer que cette déposition inattendue produisit une impression profonde sur tous ses auditeurs.

Les magistrats échangèrent un regard par lequel ils se communiquaient leurs espérances.

Sans doute le mystère, insondable en apparence jusqu'à ce moment, allait se dissiper.

— Comment savez-vous que ce tombeau est celui

7.

de la famille Kourawieff? — demanda M. de Gibray.

— Je sais cela de longue date, monsieur, — répondit Letellier, — ou plutôt je l'ai toujours su, ayant travaillé à sa construction en qualité de marbrier il y a vingt-quatre ans... — On a raconté depuis que la comtesse Kourawieff avait été assassinée ; — c'est ce qui fait que, quand monsieur Hilaire a parlé du tombeau, je me suis souvenu tout de suite...

— Cela, je le comprends à merveille, a dû guider vos souvenirs... — Et vous êtes sûr d'avoir vu un jeune homme entrer hier dans ce tombeau?

— Oui, monsieur...

— Précisez les faits...

— Ayant gagné quelque argent dans la marbrerie, je me suis établi, rue de la Roquette, marchand d'emblèmes funéraires et de couronnes... — Hier je revenais de courses, lorsqu'en rentrant chez moi je vis dans le magasin un monsieur qui achetait à ma femme une couronne d'immortelles.

— Celle-ci, peut-être?... — fit M. de Gibray en prenant des mains de Jodelet la couronne au sujet de laquelle une discussion s'était élevée, quelques minutes auparavant, et en la présentant à Letellier.

— Je pourrai vous fixer à cet égard, monsieur...

— répondit ce dernier. — Au lieu d'acheter ces couronnes toutes confectionnées, je trouve avantageux de les faire fabriquer à la maison où nous employons un certain fil très solide que je reconnaîtrai du premier coup d'œil... — Donc, si c'est celle-ci, vous le saurez...

L'ex-marbrier avait pris la couronne des mains du juge d'instruction.

Il écarta, jusqu'à la carcasse de paille, les fleurs qui s'égrenaient entre ses doigts.

— Oui, monsieur, c'est parfaitement celle-ci, — continua-t-il après un court examen. — Voyez, c'est un fil écru, poissé... — J'ai la certitude d'être seul à l'employer...

— Alors, — fit M. de Gibray de plus en plus joyeux, — le jeune homme acheta cette couronne ?

— Oui, monsieur, et, après l'avoir payée, il sortit.

— Et vous l'avez suivi ?

— Oh ! bien par hasard, car rien, ni dans sa personne, ni dans ses allures, ne me fournissait la moindre raison de soupçonner qu'il pouvait être un assassin...

— Un assassin ! — répéta le juge d'instruction. — Croyez-vous donc que le crime ait été commis par lui ?

— Dame! monsieur, ça m'en a tout l'air...

— Expliquez-vous.

— J'avais été en courses, comme je vous l'ai dit...
— Je venais de me faire solder une petite note
d'entretien chez un client qui a un tombeau au
Père-Lachaise... — Ce client m'avait prié d'aller
placer dans le tombeau deux couronnes fraîches...
— Ici, tout à côté, — ajouta Letellier, — ce joli
monument que vous voyez à vingt-cinq pas dans la
même allée, avec une urne au fronton...

Et il désignait le tombeau en étendant la main.

— Je comprends à merveille, — dit M. de Gibray,
— vous êtes sorti de chez vous pour venir placer
des couronnes à un endroit désigné, conformément
au vœu exprimé par votre client, et, comme le
jeune homme dont nous parlons marchait dans la
même direction que vous, vous l'avez suivi sans le
vouloir... — C'est bien cela, n'est-ce pas ?

— Oui, parfaitement, monsieur, c'est bien cela.

XIII

— Continuez... — fit le juge d'instruction.

Letellier reprit :

— Tout à coup le jeune homme ralentit le pas en tirant une clef de sa poche... — J'arrivais à côté de lui au moment où il introduisait cette clef dans la serrure du tombeau Kourawieff. — Je le saluai même en passant... — Quand je revins, je vis la porte refermée, mais la clef était toujours à la serrure...

— Quelle heure pouvait-il être?

— Trois heures et quelques minutes... — J'avais regardé l'heure en entrant chez moi.

— Vous rappelez-vous les traits et l'ensemble du jeune homme?

— Ah! monsieur, il me semble le voir encore...

— Décrivez-le...

— Joli garçon, de taille moyenne mais bien prise ; — figure régulière et plutôt pâle que colorée ; — des yeux noirs très vifs, des cheveux blonds, assez longs, des favoris blonds, une petite moustache blonde ; — il était habillé d'une façon très élégante et portait un pince-nez... — Il m'a payé avec une pièce d'or...

En écoutant cette description, M. de Gibray, le chef de la sûreté, le commissaire aux délégations judiciaires et les deux agents ne purent réprimer un mouvement de surprise.

— Mais, — s'écria le juge d'instruction, — ce signalement, et celui donné par le cocher de la rue Ernestine, sont identiques!

— Parbleu! — fit Jodelet à demi-voix, mais assez haut pour être entendu, — je disais bien que l'homme et la femme avaient été frappés par la même arme et par la même main... — C'est ce joli blond qui est l'assassin...

— Vous avez entendu parler le jeune homme ? —

demanda le juge d'instruction au marchand d'emblèmes funéraires.

— Certainement, monsieur, dans ma boutique,
lorsqu'il tira de sa bourse, pour payer son em-
plette, une pièce de quarante francs dont ma
femme lui rendit la monnaie...

— Ah! il a payé avec un pièce de quarante
francs?...

— Oui, monsieur, et même il m'a semblé qu'il
en avait beaucoup dans sa bourse...

— L'une d'elles a servi pour éloigner le cocher,
rue Montorgueil... — murmura Jodelet.

— Parlait-il bien français? — poursuivit le juge
d'instruction.

— Très bien, monsieur, mais avec un accent
étranger qui m'a paru l'accent des pays du Nord...
cependant je n'affirmerais pas.

— C'est notre homme... — dit le chef de la sûreté. — L'affaire se simplifie puisque nous n'avons
à chercher qu'un individu...

— Oui, — répliqua M. de Gilbray, — seulement
cet individu s'est entouré de tant de mystère,
qu'il sera difficile de le découvrir...

— Nous verrons cela... — Le jeune homme
blond est un malin, ça ne me semble pas dou-

teux, mais nous le serons autant que lui...

— Avez-vous encore besoin de moi, monsieur?... — demanda Letellier.

— Oui, pour une minute... — Je vous prierai de vouloir bien nous accompagner aux bureaux de monsieur le conservateur afin d'y signer le procès-verbal d'enquête, et je vous remercie, monsieur, de nous avoir apporté spontanément votre témoignage qui nous a fait faire un pas énorme dans nos recherches.

— Enchanté d'avoir pu vous être utile, et tout à vos ordres... — répondit l'ex-marbrier. — Si jamais je revois le scélérat, je vous garantis que je ne le perdrai pas de vue et que je le ferai lestement arrêter.

— Il faudrait refermer cette porte d'une façon solide... — dit le juge d'instruction au serrurier qui demanda :

— Faut-il aussi replacer la serrure?

— Non, nous la gardons comme pièce à conviction... — Assujettissez seulement de manière à ce que nous puissions poser les scellés...

— Ce sera facile...

— Faites donc vite...

Le serrurier fouilla dans son sac à outils.

Il y prit une sorte de boulon à tête percée, l'introduisit dans le trou de la serrure et le boulonna par-derrière.

Ceci fait, il referma la porte et, passant un long clou dans la tête du boulon, il enfonça ce clou entre deux assises de granit.

— Ce n'est que provisoire... — dit-il en terminant. — Si vous le désirez, je pourrai préparer des crampons chez moi et opérer une fermeture bien autrement solide.

— Celle-ci sera suffisante... — Monsieur le commissaire de police, procédez, je vous prie, à l'apposition des scellés...

Le commissaire se mit immédiatement à l'œuvre et, quand il eut achevé, il donne l'ordre de laisser à demeure deux des gardiens du cimetière en faction près du tombeau.

— Il s'agit maintenant de porter le corps à la Morgue... — fit le chef de la sûreté. — Monsieur le conservateur voudra bien mettre à notre disposition des employés.

— Ils sont prêts... — ils attendent vos ordres... — répondit le conservateur en montrant quatre hommes debout et immobiles auprès de la civière.

— C'est bien... le brigadier Lannoy escortera le

corps avec deux de ses hommes... — Partez, messieurs...

Les employés passèrent des bricoles de porteurs
sur leurs épaules, soulevèrent la civière et descendirent lentement des hauteurs du Père-Lachaise.

Les gens de justice et les témoins se rendirent
aux bureaux du conservateur où le procès-verbal
d'enquête fut relu, collationné et signé.

Nous laisserons les magistrats s'occuper de ces
détails et nous prierons nos lecteurs de nous accompagner au deuxième étage d'une maison de la
rue de Navarin, dans un petit appartenant meublé
avec goût, nous pourrions même dire avec coquet-
terie.

Il était cinq heures du matin, et c'est seulement
trois heures plus tard que les marbriers du Père-
Lachaise devaient constater l'assassinat commis
dans le tombeau de la famille Kourawieff.

Franchissons le seuil d'un cabinet de travail
éclairé par une lampe carcel placée sur un bureau.

Un grand feu de bois très sec brûlait dans une
cheminée de marbre noir que surmontait un mi-
roir de Venise encadré d'ébène et incliné.

Devant ce feu un jeune homme, vêtu d'un com-

plet de flanelle bleue à lisérés rouges, était assis
dans un large fauteuil.

A sa droite, sur le tapis, se voyaient pêle-mêle
différents effets d'habillement qui consistaient en
un pantalon de drap noir à carreaux écossais, en
un gilet noir, un veston, un pardessus, une chemise, un cache-nez, une cravate, une écharpe de
laine blanche et un foulard rouge.

Ce jeune homme pouvait avoir vingt-trois ans.

Des cheveux bruns épais, naturellement ondés
mais coupés très courts, encadraient son front un
peu bas.

Une moustache, si légère qu'elle ressemblait
à une fumée, ombrageait ses lèvres d'un dessin
très pur, retroussés souvent par une sorte de rictus
dédaigneux, quoique l'expression habituelle du
visage fût mélancolique.

Le teint était d'une pâleur mate.

Les yeux noirs, grands et brillants, offraient
une mobilité singulière.

Tantôt les regards étaient doux et presque
tendres, tantôt ils devenaient durs, pour ne pas
dire cruels.

De la main droite le jeune homme tenait une
pincette, et de la gauche un *regalia de la reina*, qu'il

portait à ses lèvres de seconde en seconde et dont il savourait avec une volupté manifeste la fumée blanche et odorante.

Il leva les yeux tout à coup afin de consulter la pendule placée sur la cheminée.

— Cinq heures... — dit-il, — déjà cinq heures ! — Comme le temps passe ! — Dépêchons-nous d'accomplir l'autodafé.

Prenant alors du bout de ses pincettes un des objets de toilette placés en désordre près de lui, il le présenta à la flamme du foyer.

Cet objet était le foulard.

En moins de deux secondes, le feu l'eut dévoré.

Ce fut ensuite au tour de la chemise dont le plastron et les poignets offraient des taches rouges qui devaient être des taches de sang.

Trois minutes suffirent pour la réduire en cendres, quoique le jeune homme l'eût préalablement roulée entre ses mains afin qu'elle ne mît pas le feu à la cheminée.

Tandis que la flamme vive jetait des lueurs d'incendie sur le visage pâle du maître du logis, les yeux de celui-ci offraient cette expression cruelle dont nous parlions un peu plus haut.

Le gilet de drap noir brûla plus lentement : —

la solidité de son tissu, la cohésion de ses cendres, étouffaient le feu.

Sur le marbre qui formait le devant de la cheminée se trouvaient une large pelle à main et un seau de zinc à moitié plein d'eau.

Le jeune homme prit la pelle, débarrassa le foyer de ses cendres et les jeta dans le seau où elles frissonnèrent d'une façon lugubre.

Ainsi dégagé, le feu se raviva aussitôt et le pantalon, préalablement coupé en deux, puis l'écharpe, disparurent dans la fournaise, remplissant le cabinet d'une effroyable odeur de drap brûlé.

A plusieurs reprises le personnage qui nous occupe retira des cendres et remit du bois dans le foyer.

— Le pardessus ne pourra jamais se consumer s'il n'est littéralement mis en pièces... — se dit-il.

Prenant alors sur son bureau de grands ciseaux de tailleur, il se mit à diviser en vingt parties le vêtement taché d'éclaboussures sanglantes.

Chacune de ces parties fut successivement jetée au feu, mais l'épaisseur de l'étoffe rendait la combustion difficile, et il se passa plus d'une heure avant l'incinération complète du dernier morceau.

Enfin ce fut fini.

Il ne restait rien à brûler.

Le jeune homme retira du foyer les cendres de nature suspecte, les réunit à celles qui se trouvaient déjà dans le seau de zinc, nettoya la cheminée, plaça des bûches sur le foyer puis, satisfait de la manière dont il avait mené à bien son opération, se leva en disant :

— Il ne s'agit plus que de faire disparaître tout cela... — Ce sera facile...

XIV

S'éclairant alors avec sa lampe en guise de flambeau, le jeune homme porta le seau de zinc dans la cuisine faisant partie de son appartement, le remplit d'eau jusqu'aux bords, se servit d'une paire de pincettes pour remuer la boue épaisse qu'il conte-- nait, versa cette boue liquéfiée dans le plomb des- tiné à l'écoulement des eaux ménagères, lava soi- gneusement le seau, remit tout en ordre et regagna son cabinet.

— Oh ! oh ! — murmura-t-il en franchissant le seuil, — il y a céans une odeur de laine brûlée effroyablement compromettante... — Je vais y mettre ordre.

Replaçant alors sa lampe sur le bureau, il se dirigea vers la fenêtre dont il tira les rideaux et qu'il ouvrit au grand large, puis il se pencha au dehors et regarda la rue.

Tout était silencieux et calme.

Le froid devenait de plus en plus vif, ainsi qu'il arrive en hiver quand le jour va bientôt paraître, mais il ne neigeait plus.

Le jeune homme revint auprès de la cheminée.

— Diable ! — se dit-il à lui-même en prenant sur le marbre, à côté de la pendule, une paire de longs favoris blonds postiches, des moustaches et une perruque de la même nuance... — il ne faut pas oublier cela !!

Il jeta sur le brasier perruque, moustaches et favoris, les vit flamber en crépitant, prit la pelle à feu, l'introduisit au milieu des charbons ardents et attendit.

Au bout de trois minutes la pelle était d'un beau rouge cerise.

Le singulier personnage que nous voyons agir la retira du foyer et la saupoudra de petits morceaux de sucre qui brûlèrent et répandirent dans le cabinet une âcre odeur de caramel.

Lorsque cette vapeur eut complètement saturé

l'atmosphère, le jeune homme referma les fenêtres, fit retomber les rideaux, prit dans l'un des
tiroirs de son bureau un portefeuille, et revint s'asseoir sous les rayons de la lampe.

Là il ouvrit le portefeuille, en tira divers papiers
qu'il classa et plaça les uns sur les autres à côté
de lui.

Ceci fait, il alluma un nouveau cigare, disposa
un cahier de grand papier à lettre, trempa une
plume dans l'encre et se mit en devoir de copier
textuellement le contenu des papiers classés.

Huit heures sonnaient lorsqu'il termina ce travail qu'il n'avait pas interrompu un seul instant.

— J'ai bien copié tout... — murmura-t-il en
examinant les feuilles entassées... — Tout, excepté
le passeport dont je n'ai que faire et que néanmoins je garderai à tout hasard...

Tandis qu'il disait, ou plutôt tandis qu'il pensait
ce qui précède, il parcourait du regard un passeport d'origine anglaise portant ces indications:
*Jonathan Wild, âgé de quarante-neuf ans, né à
Londres...*

Il s'interrompit.

— Je parierais vingt-cinq louis contre cent sous

pour un faux nom et pour une fausse nationalité... — fit-il avec un sourire.

Repliant alors le passeport anglais, il le remit dans le portefeuille et continua :

— Maintenant, mettons tout en ordre... — Voici les copies des notes du Père-Lachaise, et de celles de l'homme de la gare du Nord... — Quant aux originaux qui font ma force, ils dormiront en paix près du passeport du voyageur au bras en écharpe dont j'ai soigneusement brûlé l'écharpe...

Les originaux qu'il venait de copier rentrèrent successivement dans le portefeuille et ce portefeuille fut refermé.

Prenant alors les copies l'une après l'autre, il relut d'abord cette courte note rédigée en style nègre ou télégraphique :

— Numéro 1 :

Demeure toujours rue de Grammont, hôtel des Pays-Bas, appartement n° 17. — Attends depuis douze jours les ordres de V*****.

Le lecteur s'interrompit.

— Que signifie cette lettre majuscule ou ce chiffre romain suivi de cinq étoiles ? — se demanda-t-il. — Est-ce un V ? Est-ce un *cinq* ? — Est-ce la désignation d'une ville, d'une personne ou d'un nombre ?...

— Suis-je en présence d'une association mystérieuse comme celle des *Treize* de Balzac ?... — Cette
dernière supposition me paraît la plus vraisemblable...

Il poursuivit :

— « *Papiers en règle visés à la légation sous le nom
de Jules Thermis, sujet belge, de Bruxelles. — Besoin
d'argent, ainsi que l'ai dit il y a deux jours. — Hâte
connaître motif de présence à Paris.* »

— Et, comme signature, — ajouta le lecteur, —
la lettre majuscule ou le chiffre romain V**, suivi
de deux étoiles seulement...

» Cette note est celle qui se trouvait encore dans
le tabernacle du tombeau, et l'on avait dû l'y
placer la veille ou le matin de ma dernière visite...

Il prit une autre feuille et continua :

— Voici maintenant ce que la femme en noir, la
messagère inconnue, apportait en réponse à la note
d'avant-hier :

« N° 2. — *Ne sais que ceci : Votre présence urgente
à Paris pour grosse affaire. — Ai reçu mission faire
remettre dans le tombeau Kourawieff les notes qui vous
sont destinées quant à présent, et les fonds dont vous
aurez besoin. — Ci-joint cent mille francs.* »

La figure du jeune homme s'illumina.

— Les cent mille francs sont là... — dit-il en interrompant de nouveau sa lecture et en touchant de la main gauche le tiroir-caisse de son bureau. — Ce serait un joli acompte sur la fortune que je me suis promise, mais ce ne serait qu'un acompte...

— J'ai rêvé des millions, je les veux et je les aurai...

Après ce court monologue, il reprit sa lecture.

La note continuait ainsi :

« *Vous mettrez dans le tabernacle du tombeau reçu de cette somme. — Cette nuit, à une heure, un envoyé extraordinaire de V***** arrivera à la gare du Nord. — Vous irez à sa rencontre et vous le reconnaîtrez facilement à son bras gauche qu'il portera en écharpe. — Vous l'aborderez par ces mots :* VENEZ-VOUS DE CHANTILLY? — *Et vous recevrez de lui notes contenant les derniers ordres. — Cet envoyé sera V*****.* »

— Et toujours pour signature le V suivi de deux étoiles... — murmura le jeune homme. — Le passeport que je viens de serrer établissait l'identité du voyageur à l'écharpe, identité vraie ou fausse, et plutôt fausse que vraie, ceci pour moi n'est pas douteux... — Du diable si personne le réclame ! !...

Replaçant alors le second papier sur celui qu'il avait précédemment parcouru, il en prit un troisième.

— Voici, — dit-il, — le document précieux que portait l'homme de la gare du Nord, et qui m'a éclairé au milieu des ténèbres où je m'égarais... — J'étais en face d'une énigme, maître de ce papier j'en tenais la clef...

Il lut presque à haute voix :

« CECI EST MON TESTAMENT.

» Moi, soussigné, sain de corps et d'esprit, habitant à Londres mon hôtel de Regent-Street, j'écris ici mes dernières volontés.

» Mon père et ma mère sont morts depuis longtemps.

» Je n'ai jamais eu qu'une sœur.

» J'aurais voulu aimer et rapprocher de moi cette sœur, puisqu'elle constituait mon unique famille... — Sa conduite me contraignit à rompre avec elle toute relation, et même à quitter Paris et la France, pour éviter que la honte de sa vie ne rejaillît sur moi et pour ne plus entendre jamais parler d'elle.

» J'ai su cependant qu'elle s'est mariée en 1858, en abusant indignement de la confiance d'un honnête homme, et que de ce mariage est née une fille

8.

portant le prénom de MARIE et le nom de son père, BRESSOLLES.

» En travaillant pendant vingt années avec une ardeur soutenue et des chances constamment favorables, j'ai amassé une grande fortune.

» Je possède à l'heure qu'il est DOUZE MILLIONS SEPT CENT CINQUANTE MILLE francs, sans compter mon hôtel de Londres, et les meubles, tableaux, objets d'art de toute nature qu'il renferme.

» Cette fortune, en valeurs de premier ordre et en lettres de change sur les plus solides maisons de banque de l'Europe, est déposée à Londres chez l'honorable *Richard Sangsby*, solicitor, investi de ma confiance entière... — Le détail se trouve en outre entre les mains de *Michel Brémont*, mon commensal et mon unique ami depuis plus de quinze ans.

» C'est *Michel Brémont* que j'institue mon exécuteur testamentaire, lui enjoignant de répartir ainsi qu'il suit les sommes qui composent mon avoir :

» 1° A MARIE BRESSOLLES, fille légitime de ma sœur *Valentine Dharville*, femme ou veuve de *Ludovic Bressolles*, six millions.

» 2° A SIMONE DHARVILLE, fille naturelle, née de la liaison de ma sœur *Valentine Dharville* avec monsieur *Paul de Gibray*, avocat, six millions.

» 3° Les sept cent cinquante mille francs et l'hôtel de Regent-Street, formant le surplus de ma fortune, appartiendront à mon exécuteur testamentaire, *Michel Brémont*, à qui je laisse les notes précises et détaillées qui lui seront nécessaires pour
retrouver la fille naturelle de ma sœur.

» 4° *Marie Bressolles*, la fille légitime, doit habiter
Paris avec son père et sa mère, si tous deux sont
vivants, ou avec celui des deux qui survit, à moins
qu'elle ne soit orpheline ou mariée, chose facile à
savoir.

» 5° La remise de ma fortune aux ayants droit
sera faite par l'honorable *Richard Sangsby*, solicitor,
une année, jour pour jour, après celui de mon
décès.

» 6° Si l'une des deux filles de ma sœur était
morte, la part de l'une reviendrait à l'autre.

» 7° Si elles étaient mortes toutes deux au
jour anniversaire de ma mort, ma fortune entière,
sur le vu de leurs actes de décès, reviendrait à
mon ami et exécuteur testamentaire *Michel Brémont*.

» 8° Afin d'éviter à ma sœur tout scandale rétros-
pectif au sujet de sa fille naturelle, je prie mon
ami *Michel Brémont* de s'occuper seul des recher-

ches qu'il faudra faire pour retrouver *Simone Dharville*.

» Fait à Londres le 20 août 1876.

» ARMAND DHARVILLE. »

Après avoir achevé sa lecture, le jeune homme
de la rue de Navarin eut aux lèvres un étrange sourire.

— Pièce d'une importance capitale et qui doit
me donner des millions !... — dit-il en déposant sur
son bureau la copie de l'acte testamentaire.

Il ajouta, en prenant un autre papier :

— Et voici les notes qui complètent ce testament
bizarre ..

XV

Les notes jointes au testament disaient ce qui
suit :

« PREMIÈRE NOTE : Le 15 novembre 1854, *Simone
Dharville*, née depuis trois jours, fut enlevée secrè-
tement par moi à sa mère, que je savais ou du
moins que je supposais capable de la faire disparaître.

» A la même date, l'enfant fut inscrite sur les
registres de l'état civil, à la mairie du troisième ar-
rondissement de Paris, comme fille naturelle de
Valentine Dharville et de père inconnu.

» Au moment où j'écris, elle a vingt-deux ans...

» Le 17 novembre de la même année, je confiai

l'enfant à une nourrice, Claudine Charvet, demeu-
rant à Vic-sur-Braisnes, département de l'Yonne,
et je remis à cette nourrice une somme de trente
mille francs, pour élever la petite fille à qui j'avais
donné le prénom de *Simone*.

» ARMAND DHARVILLE. »

« DEUXIÈME NOTE : Ayant, au bout d'une dizaine
d'années, perdu de vue complètement ma sœur, je
ne puis dire ce qu'elle est devenue, mais il me semble possible et facile de retrouver sa trace à l'aide
de ce seul renseignement : Son mari se nommait
Ludovic Bressolles, il était architecte et il habitait
Paris.   » ARMAND DHARVILLE. »

Le jeune homme de la rue de Navarin poursuivit en jetant les yeux sur le dernier feuillet copié
par lui :

— Et voici enfin quelques lignes adressées à celui
qui devait recevoir les mystérieux papiers : —
« *Armand Dharville est mort* le 30 *décembre* 1876. —
*Il importe de bien comprendre que si les deux enfants
avaient cessé de vivre avant l'année révolue et le jour
fixé pour le partage de la fortune, cette fortune resterait aux mains de V***** qui la partagerait également entre les*****

« *Faire agir* UNE CONSCIENCE FACILE *en la surveil-
ant.* »

Un sourire d'une indéfinissable expression vint
aux lèvres du jeune homme.

— Allons, — murmura-t-il, — décidément le
hasard qui est un grand maître m'a lancé sur une
bonne piste !... — Me voici possesseur d'un secret
qui vaut douze millions sept cent cinquante mille
francs !... — Joli denier, parole d'honneur !... —
Ah ! messieurs les CINQ étoiles, puisqu'il paraît que
vous seriez cinq à partager le gâteau, il m'en faudra
ma part... — Je crois l'avoir largement gagnée ! —
L'homme, quel qu'il soit, ne rencontre souvent
qu'une fois dans sa vie l'occasion de faire fortune...
Celui qui ne profite point de cette occasion unique
est un niais, indigne d'arriver jamais ! Je ne serai
pas celui-là ! — Je tiens la chance et je jure bien
qu'elle ne m'échappera pas !!

Il rassembla les notes qu'il venait de lire, ou
plutôt de relire, les plaça dans un buvard qui se
trouvait sur son bureau et poursuivit en prenant le
portefeuille :

— Maintenant il faut mettre les originaux à l'abri
de toute atteinte... — On ne sait pas ce qui peut
arriver...

Il jeta un coup d'œil rapide sur les meubles garnissant son cabinet.

— Où seront-ils le mieux en sûreté?... — fit-il. Après un instant de réflexion, il ajouta :

— Rien ne presse... — je vais les déposer provisoirement dans le haut de ma bibliothèque... — J'aviserai plus tard.

Prenant alors un siège dont il se servit comme d'escabeau, il plaça le portefeuille sur la tablette supérieure du meuble qu'il venait de désigner, et qu'encombraient des liasses de journaux et de brochures au milieu desquelles il le glissa.

La cachette provisoire était excellente en effet, car la couche épaisse de poussière couvrant les liasses démontrait surabondamment que l'idée de mettre de l'ordre dans un tel chaos ne traversait l'esprit de personne. — La bibliothèque fut fermée à double tour et la clef retirée de la serrure.

En ce moment la pendule sonna neuf heures.

Le marteau d'acier venait de frapper le timbre pour la neuvième fois, quand un violent coup de sonnette retentit dans l'antichambre.

Le jeune homme prêta l'oreille.

— C'est bien ici qu'on vient... — murmura-t-il avec une émotion qui n'était point exempte de terreur. — Qui peut arriver chez moi si matin?...

La sonnette tinta de nouveau, mais cette fois à trois reprises différentes, séparées par un court intervalle.

Le pli creusé sur le front du maître du logis s'effaça, et le sourire vint à ses lèvres.

— C'est Octavie, — fit-il, — et elle a ses nerfs!... — Sa façon de s'annoncer le prouve jusqu'à l'évidence... — Ça va chauffer! Gare la bombe!... — Heureusement je suis bon cheval de trompette!

Remise en branle par une main fiévreuse, la sonnette menaçait de se briser.

Le jeune homme sortit de son cabinet, traversa l'antichambre et ouvrit la porte donnant sur le carré.

Une femme grande et mince, élégamment vêtue d'une robe de satin noir et d'un manteau de velours garni de martre zibeline, le visage caché sous une voilette épaisse, entra dans l'appartement comme une trombe.

Le personnage dont nous ignorons encore le nom referma la porte, et s'écria d'un air étonné :

— Bah!! c'est toi!!

La visiteuse s'arrêta court.

— Comment dis-tu ça? — répliqua-t-elle d'une

voix aiguë que la colère rendait tremblante. — Sais-tu que tu deviens épatant, mon cher, mais par exemple pas drôle du tout!... — Tu me donnes rendez-vous hier soir pour minuit et quart, au café de la Renaissance!... — J'attends jusqu'à une heure et point de Maurice!!! — Je pense : — *Il y a malentendu!...* — Je me fais conduire chez moi... — Pas plus de Maurice que dans mon œil! — Je retourne au café de la Renaissance... — Il était fermé!... — Je reviens chez moi... — Solitude de plus en plus absolue! — Je passe la nuit à me tirer es cartes en me répétant : — *C'est un retard... Maurice va venir!* Etais-je assez naïve, hein, mon cher ? — Le jour paraît... — Toujours personne... — J'accours ici comme une toquée! — Tu commences par me laisser sonner pendant trente minutes à la porte, et enfin tu te décides à m'ouvrir en me disant tout tranquillement : — Bah! c'est toi!!! — Fichtre de fichtre!... Nom d'un petit bonhomme d'un sou, est-ce que tu en attendais une autre, par hasard?... — Eh! bien, qu'elle arrive un peu, cette autre, et j'ai dans ma folle idée que nous rirons un brin ! Ah! mes enfants, quelle tripotée!... — Vas-tu parler, à la fin?... — Vas-tu répondre?...

— Parler?... — Répondre?... — fit en riant celui

que nous venons d'entendre appeler Maurice. —
Avec ça que tu m'en laisses le temps !... — Tu dé-
butes par une scène de jalousie, et ton monologue
rageur m'interdit absolument de placer un seul
mot... — Eh bien ! non, je n'en attendais pas d'autre, et je suis enchanté de te voir...

— Bien vrai ?

— Parole d'honneur, mais ta visite matinale est
intempestive...

— Pourquoi donc ?

— Parce qu'il faut que j'aille au journal, porter
de la copie... — Tu sais bien que je fais du reportage...

— Je m'en fiche pas mal de ton reportage... —
Ce n'est pas lui qui te donnera trente mille livres
de rente...

— Assurément, mais enfin il faut vivre, n'est-ce
pas ?...

La jeune femme avait franchi le seuil du cabinet.

— Du feu et de la lumière ! — s'écria-t-elle ; —
tu as donc pioché, ce matin ?

Maurice éteignit la lampe, drapa les rideaux et
répondit :

— Non seulement ce matin, ma mignonne, mais

une grande partie de la nuit... — J'ai bûché comme un nègre...

— Ainsi, c'est pour griffonner que tu m'as oubliée ?...

— Je ne t'ai pas oubliée le moins du monde...

— Ah! par exemple, en voilà une sévère!! — Comment!! tu ne devais pas venir me prendre au café de la Renaissance, après le spectacle?...

— Nullement, puisque tu étais au spectacle avec le comte...

— Eh ! il a filé à onze heures, le comte... — Il lui fallait se montrer à un bal officiel...

— J'ignorais qu'il dût partir...

— C'est un mauvais prétexte... — Rien ne t'empêchait d'arriver quand même.

— Dis tout de suite que tu veux avoir raison, et n'en parlons plus...

— Je ne veux pas avoir raison, mais je ne veux pas poser...

Maurice haussa les épaules.

— Si tu avais pris la peine de venir ici, tu m'aurais trouvé... — répliqua-t-il.

— Courir après monsieur!! — Comme ça, tout de suite! — Pour que monsieur se figure que je

suis folle de lui!... — Ah! mais non!! pas si din-
donnière que ça, mon bon!!

— Tu es bien venue ce matin...

— Curiosité pure... je voulais savoir si tu étais
chez toi...

— Et tu vois que j'y suis... — fit Maurice en en-
tourant de son bras la taille de la jeune femme qui
se dégagea pour ôter en un tour de main son manteau de fourrure et son chapeau.

Mademoiselle Octavie était une belle fille de
vingt-deux ou vingt-trois ans, aux cheveux bruns
opulents, aux yeux noirs, aux lèvres rouges et aux
dents blanches, un peu fatiguée déjà mais néanmoins très séduisante, et qui l'aurait été plus encore
sans le *maquillage* dont elle abusait.

Maurice voulut lui prendre la taille.

Elle se dégagea de nouveau, en s'écriant :

— A bas les pattes! — Je suis furieuse!!

— Que me reproches-tu? — demanda le jeune
homme en se remettant à rire. — Qu'est-ce que j'ai
fait?

— Je n'en sais rien, mais je le devine... — Tu as
cascadé...

— Illusion, ma chère!... — Jamais image ne fut
plus sage que moi, je le jure!! — Voyons, installe-

toi devant le feu, et chauffe tes petits petons, qui doivent être glacés.

Et Maurice força doucement mademoiselle Octavie à s'étendre dans le grand fauteuil et à présenter à la flamme les semelles de ses bottines à hauts talons.

— Sont-ils assez câlins, ces gueux d'hommes, quand ils ont quelque chose à se faire pardonner!! — dit la jeune femme en ne pouvant s'empêcher de sourire à son tour. — Si on les croyait, cependant, serait-on dupe! — Allons, assieds-toi là, près de moi...

— Tu n'es plus en colère?...

— Je le suis encore et je ne cesserai de l'être que lorsque tu auras fait ce que je vais te demander...

— Je suis prêt...

— Assieds-toi d'abord... — Là, c'est bien ainsi... — Maintenant expliquons-nous...

— Je ne demande pas mieux...

— Tu ne mentiras pas?

— Je ne mens jamais... — Que veux-tu savoir?

— L'emploi de ta soirée d'hier et celui de ta nuit...

XVI

Pour la troisième fois Maurice voulut embrasser la jeune femme.

Elle le repoussa presque avec colère en s'écriant :

— Tu m'embrasseras quand tu m'auras répondu, pas avant!! — Je t'ai quitté hier à sept heures moins un quart... — Qu'as-tu fait depuis ce temps-là?

— Je suis allé dîner...

— Où?

— Chez Brébant.

— Tout seul?

— J'y suis allé seul, mais j'y ai trouvé deux ou

trois jeunes gens de ma connaissance et nous avons dîné ensemble...

— Quels sont ces jeunes gens?

Maurice les nomma.

— Après? — dit Octavie.

— En flânant sur le boulevard, j'ai passé devant les Variétés... — J'y suis entré...

— Au lieu de venir à la Renaissance où j'étais!!

— Et où tu n'étais pas seule! — Je vais te parler franchement, ma chère... Il me déplaît de te voir dans une loge avec le comte... — Quand il se penche vers toi pour te parler tout bas, et que tu l'écoutes en souriant d'un air tendre, je trouve ma position ridicule...

— Bête!... qu'est-ce que ça peut te faire, puisque tu sais que c'est toi que j'aime... — Si quelqu'un est ridicule, ce n'est pas toi, c'est le comte... il est le mari... tu es... l'autre...

— Soit, mais je préfère n'être pas témoin de ce que je ne puis empêcher...

— Tout ça c'est des menteries! Je suis sûre que tu me trompes avec une blonde... — Je l'ai vu dans les cartes...

Maurice se mit à rire.

— Les cartes ne savent ce qu'elles disent... —

répliqua-t-il. — Je ne peux pas souffrir les blondes

— Ta-ra-ta-ta!! Vous autres hommes vous n'aimez point une femme uniquement à cause de la couleur de ses cheveux... — Enfin, je veux bien admettre que les cartes ont menti, et je le souhaite d'autant plus qu'elles m'ont annoncé de grands embarras pour toi...

— Pour moi? — répéta le jeune homme en tressaillant malgré lui.

— Oui... tu étais entre la *dame de pique* et un homme de la campagne, *le roi de carreau*... Tu avais *l'as de pique* à ta droite et *le dix de pique* à ta gauche, signe d'ennuis pour toi... — Il y avait bien dans ton jeu *l'as de trèfle*, ce qui veut dire argent, mais il se trouvait entre *le sept de carreau* et *le sept de cœur*, ce qui signifie meurtre, prison...

Si sceptique que fût le jeune homme à l'endroit des cartes et de leurs révélations, la coïncidence était à tel point bizarre qu'il sentit quelques gouttes de sueur mouiller la racine de ses cheveux.

Il se mit à rire, néanmoins, mais d'un rire un peu contraint.

— Assez de folies, ma chère, je te prie!... — fit-

9.

il ensuite. — Laissons les cartes de côté et parlons
sérieusement. — En sortant des Variétés je suis
rentré, j'ai dormi deux heures, puis j'ai allumé mon
feu et ma lampe, je me suis mis au travail et j'ache-
vais à peine quand tu as sonné...

— Et pas la moindre blonde?

— Pas la moindre blonde? mais une jolie brune
que j'adore...

Tout en disant ce qui précède, Maurice appuya
ses lèvres sur les joues d'Octavie qui, cette fois, ne
résista pas et dit en souriant :

— Si c'est un mensonge, tant pis!... — Je te
crois et je te pardonne!...

— Tu me pardonnes les fautes que je n'ai point
commises ! — c'est absolument angélique ! — Al-
lume une cigarette et laisse-moi m'habiller...

— Tu sors?

— Oui, je vais au journal.

— Et moi qui comptais t'offrir à déjeuner.

— Ce sera pour demain... — Aujourd'hui j'ai
besoin d'argent... — La caisse est ouverte, je vais
toucher...

— Bah! tu iras un autre jour...

— Mais quand je te dis...

— Que tu as besoin... — interrompit Octavie. —

Eh! bien, c'est simple comme bonjour... — Je vais te prêter vingt-cinq louis...

— Non, merci... Accepter de l'argent des femmes, ce n'est pas mon genre...

— Cependant, si j'insistais beaucoup ?...

— Ce serait inutile et tu me blesserais... Je te répète d'ailleurs qu'il m'est impossible, absolument impossible de déjeuner avec toi... — J'ai des épreuves à corriger et je dois aller voir ensuite au faubourg Saint-Germain un vieux parent dont je suis l'unique héritier et qui est malade... — Tu comprends que c'est important ; mais, aussitôt que je serai libre, j'irai te retrouver chez toi, nous dînerons ensemble et je te conduirai ensuite aux Folies-Bergère... Est-ce entendu ?...

— Il le faut bien... — répondit Octavie. — Le moyen de ne pas céder quand tu as décidé quelque chose !

— Dix heures vont sonner... Dépêchons-nous. — Si tu étais bien gentille, tu prendrais une chemise dans l'armoire à glace de ma chambre à coucher et tu m'y mettrais les boutons...

— Tu n'as donc plus ta vieille servante ?

— Elle m'a demandé un congé de huit jours pour aller dans sa famille...

— Et c'est moi qui vais la remplacer... — fit Octavie en riant. — Allons, soit! — Il ne me déplaît pas d'être votre servante, monsieur.

Et elle alla dans la chambre à coucher chercher une chemise, tandis que Maurice chaussait des bottines et mettait un pantalon.

Ce qu'était Octavie, il est superflu de l'expliquer.

Son passé peut se raconter en quelques lignes.

Venue de province à dix-sept ans pour se placer comme femme de chambre, ses beaux yeux, sa jolie tournure et sa physionomie naïvement provocante ne tardèrent point à lui attirer des propositions qu'elle se garda bien de repousser, car elles flattaient ses instincts innés de paresse, de plaisir et de luxe.

Séduite par un de ses maîtres, elle mit au monde un enfant qui ne vécut que quelques mois.

Une fois lancée dans le monde excentrique des *belles petites*, elle ne tarda point à devenir une étoile de cinquième ou sixième grandeur.

Elle eut, comme toutes ses amies, un bel appartement richement meublé, deux chevaux, un coupé et une victoria; recevant beaucoup d'argent, en gaspillant plus encore qu'elle n'en recevait, faisant des dettes, et pouvant d'un jour à l'autre se trouver sans ressources, après avoir conservé jusqu'au dernier moment toutes les apparences de la richesse.

Maurice Vasseur, — ainsi se nommait le jeune homme de la rue Navarin, — âgé de vingt-quatre ans environ, mais paraissant plus jeune, joignait à l'âme la plus perverse une nature brutale et souple à la fois.

Doué d'une intelligence hors ligne et d'une imagination vive, il appliquait l'une et l'autre uniquement au mal et, dévoré par la soif des plaisirs de toute nature, par l'ambition de mener *la grande vie*, il s'était promis d'arriver à la fortune, à une fortune énorme, à quelque prix que ce fût, fallût-il risquer sa tête pour atteindre le but, et nous savons déjà qu'il se tenait parole.

Nous avons entendu Maurice Vasseur se donner pour journaliste.

En cela il ne mentait pas complètement.

Il faisait en effet sinon du journalisme du moins du reportage, dans une feuille de chantage et de pornographie, et se livrait à ce travail, moins pour le très mince profit qu'il en pouvait tirer que pour avoir le droit de placer sur sa carte, au-dessous de son nom, ces trois mots :

Rédacteur au SCORPION ;

— Ce qui lui donnait, croyait-il, une certaine importance dans le monde interlope qu'il fréquentait, et mettait à sa disposition des billets de spectacle et des entrées dans les cafés-concerts, les bals, etc...

Maurice Vasseur n'avait point de fortune, mais il touchait une pension mensuelle fournie par une personne encore inconnue de nos lecteurs et qui doit tenir une grande place dans ce récit.

Il jouait beaucoup, en outre, avec une chance singulièrement persistante, et grâce à ses gains habituels il établissait l'équilibre entre ses dépenses et ses ressources.

Octavie aimait Maurice comme les neuf dixièmes des déclassées savent aimer, par les sens et non par le cœur, par caprice et non par amour.

Maurice, lui, aimait Octavie par caprice aussi, mais surtout par vanité; parce qu'elle était à la mode; parce que son charmant visage, son élégance et son luxe flattaient son amour-propre; parce qu'elle le promenait au Bois dans ses voitures, et enfin parce qu'elle ne lui coûtait absolument rien.

La liaison de ces deux natures, vicieuses et perverties l'une et l'autre quoiqu'à des degrés différents, était en somme absolument logique et durait depuis près d'un an, entrecoupée de nombreux orages.

Octavie et Maurice se querellaient et s'injuriaient, e prenaient litéralemnt aux cheveux, se quittaient enfin en se jurant de ne jamais se revoir, et se rapprochaient dès le lendemain avec des serments d'éternel amour.

Ce *modus vivendi* n'offrait d'ailleurs rien que de vulgaire et se retrouve avec des variantes minuscules dans toutes les liaisons du genre de celle qui nous occupe, depuis le bas de l'échelle jusqu'au sommet. — C'est la loi commune.

Un seul détail mérite de fixer notre attention.

Si dépourvue de sens moral que fût la jeune femme, elle avait une qualité, elle était franche avec son amant.

Maurice, au contraire, cachait à sa maîtresse ses secrètes pensées et se gardait bien de se montrer tel qu'il était — de dénouer les cordons de son masque.

Sans se défier positivement d'Octavie, il prenait ses précautions contre une trahison ou contre une indiscrétion possible, et, — comme on dit vulgairement, — il ne confiait jamais à la jeune femme que *ce qu'il voulait perdre.*

Nous avons laissé Maurice s'habiller à la hâte.

Octavie, venant de la chambre à coucher et

tenant à la main une chemise blanche, rentra dans le cabinet.

— Est-ce fait? — demanda Maurice.

— Non, mon chéri... — répondit la belle petite.

— Bah! et pourquoi?

— Pour la meilleure de toutes les raisons... — Je n'ai pas trouvé les boutons de manchettes...

XVII

— Tu n'as pas trouvé les boutons de manchettes... — répéta Maurice. — C'est que tu les as
mal cherchés...

— J'ai regardé partout... — répondit Octavie.

— Ils n'étaient point dans l'un des vide-poches
sur la cheminée ?

— Non.

— Ni sur la table de nuit ?

— Non plus... — Ne les aurais-tu pas laissés aux
poignets de la chemise que tu quittais ?

— Cela m'étonnerait fort... — Je suis à peu près
sûr de les avoir retirés hier soir en rentrant... —
Regarde donc là, sur mon bureau... dans la coupe.

Octavie s'approcha du bureau et chercha dans la coupe en imitation de vieil argent où se trouvaient les objets les plus disparates, des cachets, des plumes de fer, un canif, un coupe-cigares, un bout d'ambre pour fumer les cigarettes, des boucles de gilet, etc...

— En voilà un... — s'écria la jeune femme après avoir tout retourné, — mais il n'y en a qu'un...

Maurice parut surpris.

— C'est impossible... — fit-il.

— Regarde toi-même... — Ce sont les boutons que je t'ai donnés pour ta fête, et que tu trouvais si jolis...

Ils l'étaient, en effet.

Chacun de ces boutons représentait un mignon fer à cheval en or, dont une demi-douzaine de petites turquoises simulaient les clous.

Maurice, le sourcil froncé, se demandait tout bas :

— Qu'est devenu ce bouton ? — L'ai-je oublié au poignet de la chemise brûlée cette nuit ? — L'ai-je perdu dans le tombeau du Père-Lachaise, ou dans la voiture ?...

Naturellement ces questions restaient sans réponse.

— Je me croyais certain de l'avoir retiré... — dit-il à haute voix.

— Tu te trompais en le croyant, et je suis très ennuyée que tu aies gardé si mal un bouton qui venait de moi.

— Eh! ma chère, cela m'ennuie plus que toi ! — Je donnerais volontiers le triple de sa valeur pour le retrouver. — Peut-être est-il égaré seulement...

— Cherchons encore.

Octavie et Maurice retournèrent dans la chambre à coucher dont ils explorèrent tous les coins, dont ils examinèrent le tapis centimètre par centimètre.

Ils ne trouvèrent rien.

Maurice semblait tellement contrarié qu'Octavie lui dit :

— Tu ne vas pas te faire de chagrin pour ça, je suppose... — C'est un très petit malheur, après tout, et facilement réparable... — Les bijoutiers ne manquent pas à Paris... — Un bouton perdu, dix de retrouvés... — L'important est de savoir si tu en as d'autres pour ce matin...

— J'en ai.

— Comment sont-ils?

— En nacre.

Octavie fit une moue dédaigneuse.

— En nacre! — répéta-t-elle. — Des boutons de nacre! — Et tu crois que je te laisserai sortir avec de pareilles ordures à tes poignets!... — Jamais de la vie!... — On te prendrait pour un décavé qui a mis au clou ses bibelots pour aller déjeuner à la crémerie!... — Plus souvent! — Je veux que mon petit homme ait le chic d'un millionnaire! — Par la fenêtre les boutons de nacre! Je vais te prêter les miens...

— Eh! bien, et toi?

— Moi j'en mettrai d'autres en rentrant... — On ne voit pas mes manchettes sous les fourrures... — Regarde comme ils sont coquets.

— Ravissants.

— Te plaisent-ils?

— Beaucoup... — Je les trouve d'un goût exquis, très riches et en même temps très simples...

— Eh! bien, au lieu de te les prêter, je te les donne...

— Mais...

— Il n'y a pas de *mais*... Tu sais que je suis volontaire et entêtée... — Tu les garderas ou nous nous fâcherons...

— Dame!... il le faut bien, puisqu'il est impossible de te résister.

— Tu es un amour de petit homme... — Laisse-
moi t'embrasser... — Là ! je suis payée... — Maintenant il ne te manque plus rien... habille-toi vite...

La jeune femme continua, tandis que Maurice
achevait rapidement sa toilette :

— Je prends le bouton dépareillé et je le garderai
comme souvenir...

Maurice tressaillit.

C'était un garçon prudent, avisé, calculant tout,
pensant à tout.

Il ne voulait pas laisser dans les mains de sa
maîtresse un objet qui pouvait le compromettre
d'une façon très grave, si véritablement il avait
perdu l'autre bouton, la nuit précédente, dans le
tombeau du Père-Lachaise ou dans le fiacre de la
rue Ernestine.

— Non... non, chérie... — dit-il vivement, —
c'est moi qui dois garder ce bouton car, venant
de toi, c'est pour moi surtout qu'il est un souvenir... — Je suis déjà bien assez vexé d'avoir
perdu l'autre, laisse-moi celui-là, je t'en prie...

— Tu y tiens ?

— Enormément.

— Parce que c'est moi qui te l'avais donné ?

— Tu n'en doutes pas.

— C'est gentil, ça ! — Eh bien ! je te le laisse...
ou plutôt je te le laisserai, mais quand je l'aurai
fait arranger à ma guise...

— Arranger à ta guise ? — répéta Maurice ; —
que veux-tu dire ?

— Je veux dire que mon bijoutier supprimera le
bouton du bas et le remplacera par un large an-
neau d'or, ce qui te fera une très belle bague de
cravate...

— Mais, — objecta Maurice, — cela ne se porte
plus, les bagues de cravate...

— Erreur, mon mignon ! — cela redevient fort
à la mode, au contraire... — C'est très élégant et
très comme il faut... — J'en ai vu une hier au
comte, qui est ennuyeux comme la pluie mais d'un
chic épatant... — C'est même ça qui vient de
m'y faire penser... — Mon bijoutier arrangera la
chose avec un goût parfait... — Laisse-moi carte
blanche...

Maurice aurait donné beaucoup pour ne point se
dessaisir, ne fût-ce que pendant quarante-huit
heures, d'un objet qui, nous le répétons, pouvait
devenir effroyablement compromettant ; mais refu-
ser de laisser cet objet aux mains d'Octavie lui semblait le comble de la maladresse, un refus ne pou-

vant manquer d'inspirer à la jeune femme des soupçons qu'elle voudrait éclaircir.

Il acquiesça donc sans plus de résistance au désir de sa maîtresse.

Celle-ci enveloppa soigneusement de papier le bouton de manchette et le mit dans son porte-monnaie.

La toilette de Maurice était finie.

— Où sont tes gants et ton chapeau ? — demanda la belle-petite.

— Dans ma chambre...

— Je vais les chercher...

— J'irai bien moi-même...

— Laisse-moi faire... — il me plaît de te servir...

Et Octavie gagna la chambre à coucher.

Maurice profita de son absence pour ouvrir vivement le tiroir de son bureau et pour y prendre une liasse de billets de banque formant un certain volume.

Cette liasse disparut au fond de l'une des poches de son pardessus.

Après avoir refermé le tiroir, il retira de son buvard les papiers dont nous lui avons entendu lire ou plutôt relire le contenu, et il les mit dans une serviette d'avocat, qui contenait déjà de nombreuses notes manuscrites et des feuilles d'épreuves d'imprimerie.

Octavie reparut.

Elle apportait les gants et le chapeau.

— Tu as ta voiture en bas ?... — lui demanda Maurice.

— En voilà, une question ! — Tu ne supposes pas, j'imagine, que je sois venue à pied, de la rue Caumartin à la rue de Navarin, par un froid pareil et quand il y a un pouce de neige sur les trottoirs...

— Veux-tu me conduire au journal ?

— Tu sais bien que je ne demande pas mieux, mais souviens-toi qu'il est entendu que nous dînons ensemble ce soir...

— Je n'aurai garde de l'oublier...

La jeune femme avait rattaché son chapeau et remis sur ses épaules le lourd manteau de velours garni de martre zibeline.

Les deux amants sortirent.

— Qui s'occupe de ton ménage de garçon pendant l'absence de ta servante ? — fit Octavie.

— Ma concierge.

— Alors, tu lui laisses ta clef ?

— Naturellement...

La concierge attendait son locataire devant la porte de la loge.

Elle reçut la clef avec un salut et un sourire, tira le cordon et regarda, non sans une admiration manifeste, Maurice et Octavie monter dans le petit coupé brun dont le cheval trois quarts de sang piaffait sur le pavé que la neige rendait glissant.

Laissons l'assassin et sa maîtresse inconsciente s'éloigner ensemble. — Retournons au cimetière du Père-Lachaise et suivons les traces de l'inconnu au paletot fourré que nous avons vu s'agenouiller sur une tombe, y déposer une couronne, puis prendre un intérêt manifeste à l'enquête commencée au sujet du drame effroyable dont le tombeau de la famille Kourawieff avait été le théâtre.

Peut-être nos lecteurs se souviennent-ils que le commissaire de police, au moment où il invitait les témoins à attendre dans les bureaux du conservateur du cimetière, avait jeté un coup d'œil sur le groupe qui l'entourait, et demandé ce qu'était devenu le curieux, confortablement vêtu, remarqué par lui au milieu des ouvriers quelques minutes auparavant.

S'ils se rappellent cela, ils n'ont certainement point oublié que Cabirol, le contremaître des mar-

briers, interrogé à son sujet, répondait textuellement ceci :

— Monsieur le commissaire, il vient de partir,
mais il n'avait rien vu, étant arrivé après la découverte pour nous questionner... — Il restait là en
flâneur... histoire de se balader un peu...

XVIII

En effet, après avoir jeté un coup d'œil dans l'intérieur du monument funèbre et aperçu le visage
de la femme assassinée, ce qui l'avait fait violemment tressaillir, l'homme aux fourrures s'était retiré, marchant au départ comme à l'arrivée, sans
précipitation, d'un pas égal, d'un air indifférent,
mais la tête penchée sur la poitrine, tandis que ses
traits contractés exprimaient une angoisse profonde.

Il conserva sa démarche lente et son attitude de
flâneur insouciant jusqu'à la grille du cimetière;
mais, aussitôt qu'il en eut franchi le seuil, son al-
lure se modifia brusquement, et ce fut d'un pas ra-

pide comme celui d'un jeune homme allant à un rendez-vous d'amour qu'il remonta le boulevard jusqu'à la rue Oberkampf.

Au point d'intersection du boulevard et de cette rue se trouve une place de voitures.

Il monta dans un fiacre.

— A la course ou à l'heure ? — demanda le cocher.

— A la course, — répondit-il.

— Où allons-nous ?

— Rue Béranger. — Vous m'arrêterez au coin, près du boulevard du Temple.

Le cocher fouetta son cheval, et au bout de dix minutes fit halte à l'endroit indiqué.

L'homme mit pied à terre, paya sa voiture et s'engagea dans la rue Béranger.

Arrivé au numéro 18 il entra, suivit un couloir et monta vivement l'escalier d'un corps de bâtiment situé dans la cour, entre la maison de la rue Béranger et celle dont la façade s'élève sur le boulevard du Temple.

Arrivé au troisième étage, il tira de sa poche une clef et ouvrit l'une des deux portes qui se trouvaient sur le carré et donnaient accès dans deux appartements séparés.

Il entra dans une antichambre sombre, communiquant avec une salle à manger qu'il traversa pour arriver à une chambre à coucher meublée d'un lit, d'une armoire à glace, d'une table de toilette et de quatre chaises.

Ce mobilier, d'une excessive simplicité mais d'une propreté irréprochable, était en bois de noyer.

Les rideaux de la fenêtre donnant sur la cour étaient en damas de laine de couleur sang de bœuf.

Des rideaux de même étoffe et de même couleur enveloppaient le lit derrière lequel, réunis par une couture solide, ils cachaient entièrement la muraille.

Le papier de la chambre, imitant le chêne verni, formait des panneaux comme ceux qu'on voit assez souvent dans les salles à manger bourgeoises, ce qui produisait un effet singulier et faisait supposer que le propriétaire, guidé par une louable économie, — louable au point de vue de ses intérêts personnels, — s'était servi, pour tapisser cette pièce, d'un solde de vieux papier acheté au rabais.

L'homme aux fourrures referma la porte, s'approcha du lit, le tira en avant, passa derrière, dans la ruelle improvisée, se glissa sous les rideaux sou-

10.

levés et, se courbant jusqu'à terre, promena sa main sur le parquet.

Ayant trouvé ce qu'il cherchait à tâtons, il appuya son pied sur une feuille de ce parquet et opéra une forte pression.

Alors une chose singulière se produisit.

Un compartiment du parquet, mesurant environ deux pieds carrés, compartiment sur lequel était placé l'homme aux fourrures, s'abaissa lentement, et l'inconnu descendit avec elle, comme au théâtre un acteur descend par une *trappe anglaise* dans le deuxième ou le troisième dessous.

Cette trappe s'arrêta au moment où la tête seule de l'homme émergeait encore du trou pratiqué dans le parquet.

L'homme sortit un bras ; — le lit, ramené à sa position normale, dissimula complètement l'ouverture béante.

Ceci fait, le trappillon reprit son mouvement de descente et s'arrêta de nouveau au bout de quelques secondes, sans choc et sans secousse.

De profondes ténèbres enveloppaient l'inconnu.

Sa main droite chercha quelque chose sur la muraille qui lui faisait face et rencontra bientôt un bouton de métal qu'elle pressa fortement.

Un craquement sec se fit entendre.

Le mur, tournant sur des gonds invisibles, s'ouvrit comme les battants d'une armoire et la lumière remplaça l'obscurité.

L'homme sortit alors de l'espèce de cheminée dans laquelle il se trouvait.

Le plateau grâce auquel il était descendu remonta d'un mouvement lent et régulier, et ferma hermétiquement l'ouverture déjà cachée par le lit à l'étage supérieur.

L'homme alors repoussa les deux pans de boiserie qui s'étaient entr'ouverts pour lui livrer passage.

Un craquement sec se fit entendre de nouveau et, quand ces pans se furent rapprochés, l'œil le plus clairvoyant n'aurait pu découvrir les jointures de la porte secrète sous les panneaux qui décoraient une pièce de grandeur moyenne.

L'inconnu se trouvait à un étage au-dessous du sien, et dans le corps de logis dont la façade s'élevait sur le boulevard du Temple.

Rien de plus bizarre que la pièce dont il venait de franchir le seuil.

On eût dit le magasin d'un costumier de théâtre.

Des habillements de toute nature, depuis la

blouse de l'ouvrier jusqu'au frac brodé du sénateur et à la soutane de l'ecclésiastique, depuis les loques sordides du mendiant jusqu'à l'uniforme tout battant neuf de l'officier, depuis la livrée coquette d'un valet de bonne maison, jusqu'à la tenue correcte d'un gentleman allant dans le monde, et au *complet* du gommeux partant à cheval pour le bois de Boulogne, s'accrochaient à des patères scellées les unes à côté des autres dans la muraille.

Dans une armoire se trouvaient, sur des supports, de nombreuses perruques, véritables œuvres d'art imitant la nature à s'y méprendre.

Dans une autre, des coiffures variées, casquettes à trois ponts, chapeaux à haute forme et chapeaux mous, képis de soldat et d'officier, etc... etc...

En un clin d'œil l'inconnu quitta son vêtement.

Avec une rapidité non moins grande il revêtit un costume ecclésiastique qu'il compléta par une perruque grisonnante à tonsure, et par un chapeau plat à larges bords.

Ainsi déguisé et méconnaissable, il quitta l'appartement et descendit les deux étages qui le séparaient de l'allée conduisant d'un côté au boulevard du Temple et de l'autre à la cour au delà de laquelle se trouvait une issue sur la rue Béranger.

La maison n'avait de concierge que de ce côté.

L'inconnu sortit par le boulevard, descendit les marches qui se trouvent en face du théâtre Déjazet et gagna la station de voitures de la place du Château-d'Eau, aujourd'hui place de la République.

Il prit un fiacre et donna l'ordre de le conduire à l'endroit où la rue de Grammont débouche sur le boulevard des Italiens.

Là il descendit de voiture et suivit pédestrement la rue jusqu'à l'*Hôtel des Pays-Bas*.

— Indiquez-moi, je vous prie, la chambre n° 17... — dit-il à un garçon de service.

Le garçon répondit en désignant un corps de bâtiment :

— De ce côté, monsieur... Escalier B... au deuxième...

Le faux ecclésiastique se dirigea vers l'escalier indiqué, gravit les marches et s'arrêta au second étage, en face d'une porte sur laquelle se voyait le numéro 17.

Il frappa.

Un pas se fit entendre à l'intérieur.

La porte s'ouvrit à moitié.

Un homme qui pouvait avoir cinquante ou

cinquante-cinq ans, mais qui paraissait plus vieux que cet âge, se montra dans l'entre-bâillement.

Cet homme avait des cheveux frisés, d'une blancheur de neige.

Il portait sa barbe entière, aussi blanche que ses cheveux et taillée en éventail.

En apercevant l'ecclésiastique il fit un pas en arrière ; son visage exprima la surprise et même l'appréhension.

— Ne vous trompez-vous pas, monsieur? — murmura-t-il.

Le prêtre répliqua en saluant :

— Je ne crois pas, car je demande monsieur Jules Thermis...

En entendant la voix qui venait de parler le vieillard poussa une exclamation joyeuse, tandis que l'expression de sa physionomie se modifiait.

— Verdier ! ! — fit-il en tendant les deux mains au nouveau venu.

Ce dernier mit vivement un doigt sur ses lèvres, entra et referma la porte derrière lui.

— Imprudent ! — dit-il. — Le nom de Verdier ne doit pas plus être prononcé que celui de Pierre Lartigues, le tien !

— C'est vrai, mais, que veux-tu ?... — La joie de te revoir après cinq années de séparation m'a fait oublier toute prudence... — Je m'attendais si peu à ta visite...

— Tu ne sais donc rien ? — demanda Verdier à voix basse.

— Rien... — fit Pierre Lartigues avec inquiétude. — Se passe-t-il quelque chose d'anormal?...

— Peut-on parler sans crainte d'être entendu ?

— Oui... — J'occupe un appartement complet... —Passons dans ma chambre à coucher... — Elle est isolée et les murailles sont épaisses...

Lartigues conduisit le visiteur dans la pièce désignée et referma la porte.

— Ici tu peux parler librement, — reprit-il. — Puisque tu m'as demandé si je ne savais rien, c'est que tout ne va pas comme il faut...

— C'est vrai... — Le motif de ma visite est sérieux.

— Explique-toi vite.

— Es-tu allé hier au tombeau Kourawieff?

— Oui.

— A quelle heure ?

— A quatre heures et demie... un peu avant la fermeture du cimetière...

— Tu as pénétré dans le tombeau ?

— Non.

— Pourquoi ?

— Parce qu'il m'a été impossible d'ouvrir la porte... — Ma clef n'allait plus... — J'ai pensé qu'obéissant à des ordres donnés, tu avais fait changer la serrure... — En conséquence j'attendais un mot qui me renseignât...

— Tu n'as rien aperçu d'insolite aux environs du monument funèbre ?

— Absolument rien... — Le temps était froid... — La nuit tombait... — Le cimetière offrait l'aspect d'une vaste solitude...

XIX

Verdier reprit :

— Tu n'as pas reçu, cette nuit ou ce matin, la visite d'un envoyé de Londres ?

— Je n'ai reçu personne... — répondit Lartigues.

— Mais sais-tu que tu commences à m'inspirer des craintes avec tes questions singulières et ton air mystérieux... — Que se passe-t-il donc ? Parle-moi franchement.

— Il se passe, — fit le nouveau venu en baissant la voix, — il se passe que quelqu'un a découvert l'endroit où nous placions notre correspondance, et que par conséquent ce quelqu'un est aujourd'hui maître de nos secrets... maître du moins de celui qui se rapporte à l'affaire de Londres...

— Serait-ce un homme de la police ? — murmura Lartigues en fronçant le sourcil.

— Non, rassure-toi... — Si la police s'occupait de nous, je t'aurais invité à filer immédiatement... — Celui qui possède notre secret est un habile et hardi coquin... — Pour s'emparer des cent mille francs et des papiers que je te faisais parvenir, il n'a pas reculé devant l'assassinat...

— L'assassinat ! ! — répéta le vieillard épouvanté.

— Oui... — Il a sans hésiter tué la femme chargée d'apporter les notes que je recevais au cimetière.

Lartigues frisonna de tout son corps.

— Il a tué Jenny Stall ! — s'écria-t-il ensuite.

— Il l'a tuée dans le tombeau Kourawieff... — J'ai vu le cadavre au moment où on venait de forcer la porte de bronze, et où le commissaire de police entrait pour faire les constatations légales et pour commencer une enquête...

L'habitant de l'*Hôtel des Pays-Bas* joignit les mains et leva les yeux vers le plafond avec une expression douloureuse.

Verdier reprit :

— Ce sont des ouvriers marbriers qui, ce matin,
ont découvert le crime...

— Comment ?

— Ils suivaient l'allée qui passe devant le tombeau Kourawieff... — Un ruisseau de sang, filtrant
sous la porte, avait rougi la neige... — Ils ont
couru faire leur déclaration au conservateur, et le
commissaire, appelé en toute hâte, est venu.

— Par quel hasard te trouvais-tu si matin au
cimetière ?

— Ce n'est point par hasard... — Très étonné et
très inquiet de n'avoir pas vu Jenny rentrer hier
soir, je suis allé dès huit heures au Père-Lachaise...

— Jenny était-elle porteur de papiers importants ?

— Oui.

— Lesquels ?

— Une note que je t'envoyais, et les cent mille
francs en billets de banque.

— Qu'est devenue la note déposée par moi, la
veille, dans le tabernacle de l'autel ?

— Enlevée comme le reste... — J'ai parcouru du
regard l'intérieur du tombeau... Le tabernacle était
ouvert et vide.

— Mais cet envoyé extraordinaire de Londres dont tu parlais tout à l'heure?

— Je t'annonçais son arrivée pour la nuit dernière à une heure du matin... — Il devait avoir sur lui des notes relatives à la succession d'Armand Dharville, dont, sans le moindre doute, nous devenions les maîtres...

— Une succession? — répéta Lartigues.

— Oui.

— Considérable?

— De douze millions et quelques centaines de mille francs.

— Ah! diable!

— Joli denier, n'est-ce pas, mon compère?

— Denier royal! — Et tu n'as point vu cet envoyé?

— Non.

— Qu'est-il devenu?

— L'assassin de Jenny Stall s'est peut-être emparé de ce secret-là comme des autres...

— Le crois-tu réellement?

— C'est, sinon probable, du moins possible...

— Quel peut-être ce scélérat?

— Je me suis mis l'esprit à la torture pour le deviner, mais vainement... je n'ai rien trouvé.

— Jenny ne nous aurait-elle point trahis ?

— L'idée m'en est venue, mais je l'ai chassée bien vite... — Soupçonner Jenny de trahison serait absurde... — La pauvre créature, arrivée de Londres il y a quinze jours, ne connaissait personne à Paris...
— D'ailleurs sa mort violente prouve jusqu'à l'évidence qu'elle a été victime et non complice.

— Ne peut-elle avoir été suivie et épiée depuis Londres ?

— Michel Brémont n'emploie que des gens sûrs...
— Mais toi-même n'as-tu pas commis quelque imprudence ?

— J'affirme hardiment le contraire... — Je n'ai de relations avec personne et je passe mes journées à réapprendre la grande ville que je n'avais point habitée depuis vingt-cinq ans et qui n'est guère reconnaissable... — Quand j'essaye de me laisser guider par mes souvenirs, je m'égare dans tous les quartiers... — Bref, je réponds de moi... — Mais revenons à ce qui nous occupait tout à l'heure... — L'envoyé de Londres ?

— Ne peut être soupçonné, car il n'était autre que Cinq-Quatre, Gustave Perrier, autrement dit Jonathan Wild.

— Enfin une chose est claire, positive, indiscutable, c'est qu'une surveillance était établie autour de Jenny Stall.

— C'est vrai, et à cela je ne puis rien comprendre...

— Bref, nous sommes menacés... — D'un moment à l'autre nous serons sous le coup de recherches actives de la police.

Verdier secoua la tête.

— Rien à craindre de ce côté... — dit-il, — impossible de nous deviner... Mais on va chercher l'assassin...

— Et si, quand on le prendra, on trouve sur lui les papiers volés, — interrompit Lartigues, — nous serons compromis...

— Du moins nous pourrions l'être, mais il me paraît facile d'éviter tout danger...

— Comment ?

— Moi, je suis introuvable... — Toi, tu changeras de domicile et de nom... — Tu as des passeports en blanc ?

— D'une demi-douzaine de nationalités, oui... — Je me ferai Hollandais.

— Et, — continua Verdier, — au lieu d'habiter un hôtel garni, ce qui est maladroit, tu achèteras ou tu loueras une maison, tu la feras meubler et tu y vivras paisiblement en attendant les ordres de Michel Brémont à qui je vais écrire pour lui raconter ce qui se passe, afin qu'il puisse se tenir sur ses gardes et combiner un nouveau plan, celui qu'il nous adressait ne pouvant désormais servir...

— C'est égal, — murmura Lartigues, — nous avons trouvé plus malin que nous, nous qui n'avions jamais subi d'échec depuis vingt-cinq ans!... — C'est humiliant !...

— Bah ! nous prendrons notre revanche.

— Que va-t-on faire du corps de Jenny Stall ?

— Le porter à la Morgue...

— Crois-tu qu'il puisse être reconnu ?

— Comment le serait-il, puisque personne à Paris ne connaissait Jenny. — Ce n'est pas cela qui me préoccupe.

— Qu'est-ce donc ?

— C'est Gustave Perrier... — Il n'est point venu ici... il ne s'est point présenté chez moi en ne te trouvant pas à son arrivée au chemin de fer du Nord où je t'écrivais d'aller l'attendre... — Qu'est-il devenu? — L'assassin du Père-Lachaise ne l'a-t-il point frappé, lui aussi ?

— Une telle supposition ! — s'écria Lartigues.

— C'est insensé !

— Beaucoup moins que tu ne le crois... — La note volée sur la pauvre Jenny était précise... — Elle indiquait l'heure de l'arrivée, le signalement de l'arrivant, et laissait deviner l'importance du secret dont il était porteur... — Plus je réfléchis, plus il me semble probable que le meurtrier de Jenny ait guetté et tué Gustave...

— Mais, encore une fois, ce meurtrier, qui serait-il?

— Un homme terriblement fort, un maître, je te le garantis, et point du tout à son coup d'essai... — La police va mettre tous ses limiers en chasse...
— Il leur donnera du fil à retordre, car son adresse me semble prodigieuse...`

— Ah! si je le tenais, — dit d'une voix sourde Lartigues dont les yeux étincelaient sous ses épais sourcils grisonnants, — son affaire serait bientôt faite! ! — Je l'étranglerais de mes propres mains !

— Du calme! — répliqua Verdier en souriant. — Du calme!...

— Est-ce qu'il est possible de rester calme après t'avoir entendu parler de douze millions?... — Douze millions à partager entre cinq... — Près de deux millions et demi pour chacun !... — C'était notre dernière affaire... — Elle nous enrichissait tous et nous permettait de finir tranquillement notre vie, en paix avec le monde entier et n'ayant rien à craindre de la police... — Songer à cela et garder son calme, impossible !...

— J'y songe, et je garde le mien... — A quoi bon s'emballer, mon cher ? — Point d'emportement, point de colère, et soyons sur nos gardes l'œil et l'oreille au guet... — Nous ne pouvons agir utilement avant de connaître notre voleur...

— Le connaîtrons-nous jamais ?

— Nous le connaîtrons infailliblement...

— Ah ! si je pouvais l'espérer...

— Tu le peux... tu le dois... Le contraire est impossible...

— Comment cet homme que tu supposes si adroit se trahirait-il ?

— Il se trahira malgré son adresse, parce que, maître du secret, il voudra s'en servir... à moins qu'il ne se contente des cent mille francs volés au tombeau Kourawieff et qu'il ne brûle les autres papiers... — Dans ce cas, il est vrai, nous ne le connaîtrions point, mais nous n'aurions rien à craindre de lui, et l'affaire des douze millions suivrait son cours naturel. — Michel Brémont,

11.

quand il saura ce qui vient de se passer, jugera la situation et donnera des ordres.

En ce moment un bruit de sonnette retentit dans la première pièce de l'appartement.

Les deux hommes tressaillirent et échangèrent un rapide coup d'œil.

— Qui peut sonner ? — demanda Verdier.

— Le garçon de l'hôtel, peut-être... — répondit Lartigues.

— Il faudrait s'en assurer...

— Je vais voir...

Un nouveau coup de sonnette retentit plus violent que le premier.

— Oh ! oh ! — murmura le faux ecclésiastique, — on est pressé, à ce qu'il paraît...

En même temps sa main caressait, dans l'ample poche de sa soutane, la crosse d'un revolver.

— Prends garde... — ajouta-t-il en voyant Lartigues se diriger vers la porte.

— A quoi ? — répondit le vieillard. — Je suis méconnaissable depuis vingt-cinq ans... — D'ailleurs Jules Thermis, sujet belge, n'a rien à craindre de la police française...

XX

On sonnait pour la troisième fois, avec un redoublement de violence.

Lartigues sortit de la chambre à coucher, traversa la première pièce et ouvrit la porte.

Maurice Vasseur était sur le seuil.

Il salua.

A la vue d'un visage qu'il était certain de ne
point connaître, Lartigues répéta la phrase qu'une
demi-heure auparavant il avait adressée à son premier visiteur :

— Ne vous trompez-vous pas, monsieur ?

— Non... — dit Maurice du ton le plus calme,
— non, si c'est bien ici l'appartement numéro 17,

et si j'ai bien l'honneur de parler à monsieur Jules
Thermis, domicilié habituellement à Bruxelles...

— Je suis Jules Thermis en effet... — répliqua
Lartigues en regardant le nouveau venu avec une
sorte de stupeur, car un examen attentif lui prou-
vait de plus en plus qu'il le voyait en ce moment
pour la première fois.

— Je vous prie donc, monsieur, de vouloir bien
m'accorder un instant d'audience ; — reprit Maurice, — j'aurais à vous entretenir d'une importante
affaire...

Le faux Thermis sentit sa défiance s'éveiller.

Aussi s'empressa-t-il de répondre :

— Il existe certainement entre nous un malentendu... — Je n'ai aucune affaire à Paris... — Je
voyage pour mon plaisir et, à moins que vous ne
me soyez envoyé par un de mes amis de Bruxelles,
il est impossible que vous ayez quelque chose à me
communiquer... — Il doit y avoir confusion de
nom...

Maurice secoua la tête.

— Confusion de nom ? — répéta-t-il, — pas la
moindre... — C'est parfaitement vous que je cher-
chais puisque vous êtes bien Jules Thermis, et je
vous suis adressé par un de vos amis.

— En ce cas vous avez une lettre de cet ami ?

—, Non, monsieur, aucune...

— Mais alors... — commença Lartigues...

— Attendez ! — interrompit Maurice. — Il me suffira de quelques mots pour vous convaincre de la véracité de mon dire : — Je viens vous trouver de la part de *Cinq-Quatre*, envoyé extraordinaire de Londres.

En entendant ces paroles, Lartigues plongea son regard dans les yeux du jeune homme comme s'il avait espéré lire au fond de sa pensée.

Sous le poids de ce regard Maurice demeura impassible.

— Que signifie cela ? — se demandait le faux Thermis.

Cependant il s'effaça pour laisser le passage libre au visiteur, car les paroles précédentes s'étaient échangées sur le seuil, près de la porte ouverte.

— Veuillez entrer, monsieur, — dit-il, — je suis prêt à vous accorder les quelques minutes d'entretien que vous réclamez de moi.

Maurice passa devant Lartigues en s'inclinant avec une politesse de gentleman, et il jeta un coup d'œil autour de la pièce.

Le maître du logis, qui continuait à examiner

le nouveau venu avec attention, lui demanda :

— A qui ai-je l'honneur de parler ?

— Vous le saurez dans un instant, monsieur, mais permettez-moi d'abord de vous adresser une question...

— Faites...

— Les choses dont je dois vous entretenir sont, je le répète, d'une importance capitale, et personne excepté vous ne doit les entendre... — Croyez-vous qu'ici les portes soient assez bien closes et les murailles assez épaisses pour défier l'oreille des curieux ?

Lartigues ouvrit la porte de la chambre où se trouvait Verdier.

— A cette question je réponds en vous priant de me suivre... — dit-il. — Là nous pourrons causer à notre aise, en pleine sécurité.

Maurice suivit son hôte mais, au moment d'entrer dans la chambre à coucher, il s'arrêta en voyant un prêtre.

Le faux Jules Thermis s'attendait bien à cette hésitation, aussi s'empressa-t-il d'ajouter :

— Entrez sans crainte, monsieur... — Mon honorable ami l'abbé Méryss, que je vous présente, est en même temps l'intime ami de la personne qui vous adresse à moi; je n'ai rien de caché pour lui, absolument rien.

Ces derniers mots furent prononcés avec une intonation toute particulière, qui les soulignait en quelque sorte.

Verdier, — que nous venons d'entendre nommer l'abbé Méryss, — examinait le nouveau venu avec une telle intensité d'attention qu'il en résulta pour ce dernier un instant de malaise ; mais, venu dans un but qu'il voulait atteindre à tout prix, battre en retraite ou se dérober lui semblait inadmissible.

En conséquence il prit aussitôt son parti et entra, en saluant le prêtre qui lui rendit son salut avec une extrême froideur.

— Asseyez-vous, monsieur... — dit Lartigues en avançant un siège, — et, puisque vous désirez causer, causons...

— Je croyais, monsieur, — répliqua Maurice, — vous avoir fait comprendre que je tenais à n'expliquer qu'à vous, à vous seul, le motif de ma visite...

— Vous me l'avez fait comprendre à merveille...

— Eh bien ?

— Eh bien ! j'ai cru, moi, vous expliquer non moins clairement que M. l'abbé était mon ami intime, et que je n'avais rien de caché pour lui.

— Dois-je conclure de ceci que M. l'abbé fait partie de la société des *Cinq?* — demanda Maurice avec un redoublement de sang-froid.

Malgré son aplomb habituel, Verdier tressaillit violemment et changea de figure.

Une immense terreur l'envahissait.

Lartigues, comprenant ce qui se passait en lui, s'empressa de prendre la parole pour le rassurer.

— Monsieur, — dit-il, — est un envoyé de *Cinq-Quatre...*

— Un envoyé de *Cinq-Quatre !* — s'écria Verdier, — *Cinq-Quatre* est à Paris ?

Tout en formulant cette question il regardait Maurice avec une expression de défiance qui ne pouvait échapper au jeune homme.

Celui-ci, sans paraître s'en apercevoir, ou tout au moins s'en préoccuper, répondit :

— Il est à Paris.

— Vous l'avez vu ?

— Je l'ai vu.

— Pourquoi n'est-il pas venu et vous a-t-il chargé d'une mission qu'il aurait dû remplir seul ?..

— Parce qu'à cette heure il lui est impossible de le faire...

— Impossible ! ! !

— Absolument et matériellement...

— Pour quelle raison ?

— Pour la meilleure de toutes... — Jugez en vous-mêmes : — *Cinq-Quatre*, membre de la société des *Cinq*, voyageant sous le nom de Jonathan Wild, et venant de Londres à Paris, est mort...

— Mort ! — répétèrent Lartigues et Verdier en se regardant.

Maurice fit un signe affirmatif.

— Et, — continua Lartigues, — comment est-il mort ?

— Assassiné.

— Assassiné ! — s'écria Verdier. — Assassiné, lui aussi !... j'en avais le pressentiment ! ! — Ce n'était pas assez de Jenny ! ! — Et, l'assassin ? — poursuivit-il en s'approchant par un mouvement brusque de Maurice impassible.

Ce dernier eut aux lèvres un étrange sourire.

Il salua successivement les deux hommes et répondit d'un ton glacial, tranchant comme une lame d'acier bien affilée :

— L'assassin... c'est moi.

— Vous ! ! — s'écrièrent à la fois le prétendu Belge et le faux abbé.

— Parfaitement.

— Ah ! misérable ! !...

Deux revolvers furent braqués en même temps sur la poitrine du meurtrier qui sourit et haussa les épaules.

— Espérez-vous me faire peur ? — demanda-t-il, — n'y comptez pas ! — Je sais trop bien que vous ne commettrez point la sottise de me tuer... D'abord vous seriez effroyablement embarrassés de mon corps, ici, rue de Grammont, *Hôtel des Pays-Bas*, appartement numéro 17... — Que diable en feriez-vous et comment expliquer de façon plausible un cadavre troué de balles de revolver ?... — Mais ce n'est pas tout... — Jamais vous ne braverez les reproches de Michel Brémont, l'exécuteur testamentaire d'Armand Dharville, ex-banquier à Londres, qui va bientôt vous mettre en possession de plus de deux millions chacun...

— Ainsi, vous êtes maître de nos secrets ? — fit Verdier.

— De tous ceux du moins qui ont trait à l'héritage du banquier de Londres, mon Dieu, oui...

Le calme, ou plutôt le stoïcisme poussé jusqu'à

'impudence de ce jeune homme de vingt-cinq ans
à peine, stupéfiait Lartigues.

— Et vous êtes venu vous jeter dans nos
mains ?... — dit-il d'un ton de menace.

— Sans hésiter... — répondit Maurice. — Oui,
messieurs, je me suis jeté dans vos mains avec une
entière confiance, certain que nous nous enten-
drions à merveille, et la preuve que j'avais raison de
le croire c'est que vous voilà prêts à m'écouter et
très désireux de me questionner... — C'est naturel...

— Vous désirez savoir de quelles notes précieuses
était porteur l'envoyé de Michel Brémont.

» Nous causerons de cela tout à l'heure, mais
permettez-moi d'abord de vous entretenir un peu
de moi et de commencer par un lieu commun, tout
ce qu'il y a au monde de plus *ponsif :* — L'homme,
au début de sa vie, est placé entre deux chemins,
celui du vice et celui de la vertu !... — On en a fait
des peintures, des bas-reliefs et des apologues ! —
C'est un *cliché*, mais au fond c'est vrai... — Il faut
choisir et, quand on a choisi, aller de l'avant,
carrément...

» J'en arrive à moi...

» Venu au monde je ne sais ni où, ni comment,
car on a bien gardé vis-à-vis de moi et on garde

encore le secret de ma naissance, je fus élevé par une femme à laquelle me confia ma mère inconnue.

» Cette femme, cette nourrice, possédant une demi-douzaine de rejetons légitimes, ne s'occupa du bâtard étranger que pour lui donner la pâtée et la niche, et nullement pour combattre et dompter les mauvais instincts qu'il pouvait avoir... — Or, je n'avais que de ceux-là...

» Lorsque j'atteignis ma septième année, on me mit au collège; j'y restai jusqu'à l'âge de vingt ans...

» Au risque de passer à vos yeux pour *un monsieur qui se gobe*, je suis bien forcé de convenir que le hasard m'avait doué d'une intelligence de premier ordre.

» Je fis de brillantes études, mais si je mordis à la science, je ne mordis point à la vertu, — il s'en fallut même du tout au tout, car, à mesure que je passais de l'enfance à l'adolescence, mes instincts vicieux se développaient...

XXI

— Quand j'atteignis vingt ans, — poursuivit Maurice, — je considérais l'honnêteté comme une duperie, je trouvais que la vie de l'homme doit avoir un but unique : la jouissance, et que pour atteindre ce but tous les moyens sont légitimes.

» Je le croyais ; je le crois encore.

» En sortant du collège je me trouvai la bride sur le cou, maître absolu de ma personne.

» La femme qui remplaçait ma mère ne s'occupait de moi que pour me remettre, à des époques fixes, des sommes insuffisantes.

» Je n'étais pas assez naïf pour demander à un travail sérieux les ressources qui me manquaient !

— Je me jetai dans la vie d'aventures ; je profitai de tous les hasards heureux ; je devins joueur et joueur habile, sachant par mon adresse forcer la chance à se déclarer pour moi lorsqu'elle semblait vouloir me tenir rigueur...

» De tout cela je vécus tant bien que mal, plutôt mal que bien, mais je me répétais sans cesse : — De tels expédients sont misérables !... Je me méprise moi-même en songeant qu'une simple maladresse de ma part suffirait pour m'envoyer en police correctionnelle et qu'alors je serais perdu... — Il faudrait trouver une grande opération qui m'enrichirait d'un seul coup !...

» Et je comptais sur le hasard.

» Il me vint en aide en me mettant sur la piste du secret auquel vous allez devoir la fortune.

» Pour posséder ce secret, il fallait sacrifier un homme et une femme ; — je n'hésitai pas... seulement je pris mes précautions afin de ne laisser derrière moi aucun indice qui pût lancer sur mes traces les limiers de la police...

» Il est *impossible*, vous m'entendez bien, IMPOSSIBLE, qu'on devine l'auteur du double assassinat dont les circonstances mystérieuses surexciteront dès demain la curiosité du monde entier...

» Quoi qu'on fasse, on n'aura jamais le mot de l'énigme sanglante.

» Vous me connaissez maintenant, messieurs, aussi bien que je me connais moi-même, puisque je viens de me montrer à vous à visage découvert...

» J'ai pris la place de l'envoyé extraordinaire arrivant de Londres et supprimé par moi, et je vous apporte les notes qu'il devait remettre, au chemin de fer du Nord, à monsieur Jules Thermis, de Bruxelles...

» Voilà pourquoi je suis ici... »

Maurice se tut.

Verdier avait écouté non sans stupeur ce jeune homme dont le cynisme dépassait toute vraisemblance, et qui parlait comme de la chose la plus simple, la plus normale, du double meurtre qu'il venait de commettre.

Lartigues, lui, regardait Maurice avec une avide curiosité.

Il trouvait étrange et séduisante la physionomie de ce bandit parisien dont l'élégance était irréprochable, les traits charmants, les yeux doux, la voix bien timbrée et les manières absolument correctes.

Tout en lui l'attirait, même ce cynisme dont s'étonnait le faux abbé Meyriss.

Il voyait en Maurice un scélérat hors ligne, une sorte de génie du crime dont la prodigieuse intelligence devait enfanter des merveilles.

— Qui vous a mis sur la piste de notre secret ? — demanda-t-il.

— Je vous l'expliquerai tout à l'heure, messieurs, si vous le désirez, — répondit le jeune homme, — mais je dois d'abord vous rendre compte des papiers trouvés par moi dans le tabernacle du tombeau Kourawieff et grâce auxquels j'ai su l'adresse de monsieur Jules Thermis ; de ceux portés par votre messagère et de ceux, beaucoup plus importants, que j'ai soustraits à l'envoyé de Londres.

Je dois en outre vous remettre les cent mille francs en billets de banque qui devaient être déposés dans le tombeau pour monsieur Thermis... — Les voici...

Et Maurice tira de l'une des poches de son paletot la liasse de billets de banque qu'il plaça sur une table.

Lartigues et Verdier marchaient de surprise en surprise.

— Et maintenant, — poursuivit le jeune homme prenant des papiers dans sa serviette d'avocat, — voici vos notes :

« Primo : — Celle que monsieur Thermis adressait à *Cinq-Deux*.

» Secundo : — Celle de *Cind-Deux* — (qui, sans doute, n'est autre que monsieur l'abbé Meyriss), — répondant à monsieur Thermis.

Le jeune homme, tirant de sa serviette un nouveau papier, continua :

— Voici maintenant la pièce importante que vous attendiez et qui motive votre séjour à Paris. — Veuillez la lire.

Et il tendit aux deux associés la copie du testament d'Armand Dharville.

Lartigues la prit et la lut avec attention, ainsi que Verdier qui s'était penché sur son épaule et lisait en même temps que lui.

— Douze millions sept cent cinquante mille francs ! — s'écria-t-il, les yeux flamboyants de cupidité.

— Ah ! Michel Brémont est un habile homme ! — dit Maurice.

— Mais les notes dont parle le testament ? — demanda Verdier.

— Voici la première, monsieur... — répondit le jeune homme en présentant un papier au faux ecclésiastique. — Elle a trait à Simone, la fille

I.   12

naturelle de Valentine Dharville... — Voyez.

Verdier prit la note et la parcourut rapidement.

— En voici une seconde, — ajouta Maurice en exhibant un autre papier... — Elle concerne Valentine Dharville. — Elle est importante, mais n'offre pas cependant l'intérêt de la dernière, qui explique clairement l'idée de Michel Brémont, qui m'a éclairé moi-même, et que je vous prie d'étudier avec beaucoup d'attention.

Le faux abbé prit le troisième papier et lut à haute voix ces lignes que nous connaissons déjà :

— « *Armand Dharville est mort le* 30 *décembre* 1876, — *il importe de bien comprendre que si les deux enfants avaient cessé de vivre avant l'année révolue et le jour fixé pour le partage de la fortune, cette fortune resterait aux mains de* V***** *qui la partagerait également entre les Cinq.*

» *Faire agir* UNE CONSCIENCE FACILE *en la surveillant.* »

Maurice exhiba son porte-cigares, y prit un *rothschild*, l'alluma, en tira deux ou trois bouffées et dit :

— Ceci me paraît devoir se traduire d'une façon très précise par ces mots renfermant une recommandation prudente : — *Les* CINQ *ne doivent point agir ouvertement, mais trouver un homme intelligent, habile, sans scrupules, qui pour une somme convenue d'avance ferait adroitement disparaître les deux enfants.* — L'idée n'est pas mauvaise, mais elle offre un danger...

— Lequel? — demanda Lartigues.

— L'homme employé, tout en étant un mercenaire chargé d'une besogne dont il ignorerait le but, pourrait avoir trop d'intelligence et chercher quelles raisons d'une importance capitale exigent la suppression des deux filles de Valentine Dharville.

» Une fois le champ des suppositions ouvert devant lui il trouverait la vérité, ou tout au moins il s'en approcherait beaucoup.

» Dès qu'il aurait trouvé, il deviendrait votre maître au lieu de rester votre instrument, il ferait du chantage à la dernière minute et vous demanderait une grosse part de l'héritage...

» Le moyen de ne point céder, s'il vous plaît?

» En cas de refus il vous dénoncerait, ou plutôt il avertirait, moyennant finance, la famille d'Armand Dharville, et vos beaux rêves d'héritage s'évanouiraient en fumée...

» Or, voici ce que, moi, je viens vous proposer.

» J'ai supprimé deux personnes pour me mettre
en possession de votre secret, et ce double meurtre
vous est un sûr garant que je ne vous trahirai point;
— je me suis livré à vous; — si maintenant je voulais vendre ce que je sais à Valentine Dharville, il
vous suffirait d'un mot pour m'envoyer à l'écha-
faud, et c'est un voyage que j'espère bien ne faire
jamais.

» Inutile d'ajouter que ma conscience est facile
et que j'exécute d'une main sûre ce que j'ai ré-
solu.

» Il manque un membre à l'association des *Cinq*,
puisque j'ai envoyé dans un monde meilleur l'honorable Jonathan Wild.

» La perspective de partager avec vous les millions de feu Dharville me sourit infiniment et réali-
serait mon *desideratum*, car j'ai toujours nourri l'espérance de vivre et de mourir dans la peau d'un
millionnaire...

» Je puis être l'homme demandé par Michel Brémont, et je le serai, mais à la condition d'être
admis à remplacer le mort dans la société des *Cinq*
à laquelle, permettez-moi de l'affirmer sans vanité
sotte et sans fol orgueil, ma collaboration à venir
ne serait point inutile...

» J'ai dit.

» J'attends.

Lartigues ne pouvait s'empêcher d'admirer de plus en plus cette nature exceptionnellement perverse dont la hardiesse et le sang-froid lui paraissaient sublimes.

Il souriait.

— Vous êtes audacieux ! — dit Verdier.

— Pardieu ! — répliqua Maurice. — L'audace fait vaincre l'impossible, ou plutôt elle l'annihile...

— Vous êtes bien jeune.

— Trouvez-vous par hasard que ma grande jeunesse m'empêche de raisonner et d'agir? — Rien ne me surprend, rien ne m'émeut, rien ne m'inquiète... — Mon âme est de bronze dans un corps d'acier; la jouissance chez moi ne détruit pas la raison et me laisse toujours maître de ma pensée et de ma parole...

— Vous nous offrez d'entreprendre avec nous la recherche des deux enfants de Valentine Dharville?

— Oui.

— Et vous vous chargeriez seul de rendre la succession vacante?...

— Par la suppression des héritières... — acheva Maurice. — Je suis prêt...

12.

Lartigues et Verdier échangèrent un regard.

La physionomie tranquille et ouverte, le regard très doux, la voix très calme de cet homme de vingt-quatre ans à peine, parlant d'assassiner deux jeunes filles comme il aurait parlé d'une partie de plaisir, faisait passer de petits frissons sur l'épiderme du faux abbé Meyriss.

— Avez-vous des maîtresses ?

— Pour le moment je n'en ai qu'une.

— Tenez-vous à elle ?

— Elle est jolie et elle m'adore, mais je vous la sacrifierai s'il le faut...

XXII

Le faux abbé sourit et répliqua :

— Nous ne vous demanderons point de sacrifices inutiles. — Gardez votre maîtresse, mais n'oubliez pas, n'oubliez jamais, que la femme est une pierre d'achoppement sur le chemin de l'homme et que, lorsque celui qui se croit invincible est vaincu, c'est par la femme !...

— Rien à craindre de ce côté... — répondit Maurice. — Le jour où ma maîtresse deviendrait un péril, je la briserais sans hésitation... — Maintenant vous connaissez mes principes et mes ambitions, donc ne me demandez plus rien... — Vous avez besoin d'un gaillard solide et sûr... je suis le gaillard qu'il vous faut, et je vous le prouverai bien quand vous aurez fait de moi l'un des vôtres... — Allons, décidez-vous !

— Un instant encore... — dit Verdier. — Une dernière question... — Vous nous avez affirmé que vos mesures étaient prises pour qu'il fût impossible de découvrir en vous l'auteur du double crime commis la nuit passée...

— J'en ai la certitude.

— Comment avez-vous été amené à commettre ce crime? Qui vous a mis sur la piste de notre secret?

— Vous tenez à le savoir?

— Absolument.

— Je vais donc vous l'apprendre, mais je vous préviens que la découverte du secret dont il s'agit ne m'a coûté ni grands efforts d'intelligence, ni savantes combinaisons... — C'est à vous, monsieur l'abbé Meyriss, que je dois cette découverte...

— A moi! — fit Verdier stupéfait.

— Oui.

— C'est impossible !

— Attendez avant de juger... — C'était il y a neuf jours...

— Neuf jours?... — répéta le faux prêtre.

— Au bois de Vincennes... — Ne vous souvenez-vous pas?...

— Non.

— Je vais donc aider votre mémoire... — Rappelez-vous que vous lisiez une lettre...

La lumière se fit brusquement dans l'esprit de Verdier.

— Une lettre de Michel Brémont!... — s'écria-t-il.

— Tout juste!

— Mais, cette lettre, après l'avoir lue je l'avais déchirée, et j'en avais semé les morceaux au vent...

— C'est exact.

— D'ailleurs j'étais seul...

— Non, car tout près et à votre insu se trouvait un promeneur attendant quelqu'un et séparé de vous par un petit massif d'arbres verts qui lui permettait de vous suivre du regard à travers les branches...

— Ce promeneur, c'était moi... — Je vous examinai, sans la moindre arrière-pensée, par désœuvrement pur... — Je vous vis lire une lettre, la déchirer, en jeter les fragments et vous éloigner. — J'avais été frappé de l'expression de votre visage pendant la lecture de l'épître... — La surprise et la joie s'y peignaient tour à tour... — Cela m'intri-

gua. — Un homme intelligent et plein d'expérience avait dit un jour devant moi que la lettre
qu'on déchire en petits morceaux, après l'avoir lue,
renferme neuf fois sur dix un secret de quelque
valeur.

» Je me rappelai cela ; — je résolus d'expéri-
menter la justesse de l'aphorisme que je viens de
citer. — Lorsque vous fûtes parti, je ramassai les
morceaux épars de votre lettre et je les serrai dans
mon portefeuille, avec l'intention de les assembler
chez moi comme on assemble les pièces d'un jeu
de patience, et de reconstruire d'un bout à l'autre
la missive qui venait de produire sur vous une
impression si vive...

» C'est ce que je fis le soir même en collant avec
de la gomme les parcelles sur du papier à décal-
quer, ce qui me permettait de lire le recto et le
verso de la lettre...

— Elle était sans importance... — dit Verdier.

— Oui, — répliqua Maurice, — elle semblait in-
signifiante, j'en conviens... — Elle l'aurait été pour
tout autre que pour moi, mais c'est précisément
son insignifiance apparente qui me fit découvrir sa
réelle importance... — J'ai étudié par hasard avec
un de mes amis, curieux de ces sortes de choses,

les correspondances *chiffrées* et *à grille*... — Je
connais cent manières d'écrire grâce auxquelles
un indiscret ne peut trouver le véritable mot de la
correspondance... — J'avais chez moi de nombreuses grilles... — Je les adaptai successivement à
la lettre recomposée... — L'une d'elles — (dont l'am-
bassadeur d'Angleterre se servait, paraît-il, il y a
vingt ans), — s'ajustait merveilleusement... — Grâce
à elle je déchiffrai l'épître sans la moindre peine...

— Il est d'une force étonnante ! — murmura
Lartigues plus enthousiasmé que jamais...

Verdier restait muet et songeur.

Maurice exhiba son portefeuille, l'ouvrit et en
tira deux papiers.

— Voici les morceaux réunis de votre lettre, —
dit-il, — et voici la grille qui m'a permis d'en découvrir la clef.

Il étendit sur la table la lettre reconstruite, et
sur cette lettre il appliqua une feuille de papier
percée de petits carrés également distancés, puis
il continua :

— Les mots apparaissant dans les découpures
sont les seuls qui aient une valeur et voici quelles
phrases ils composent :

« *Affaire magnifique.* — *Comme toujours déposer*

correspondance au Père-Lachaise, au tombeau Koura-
wieff, dans le tabernacle de l'autel. — V** ira la
prendre et y mettra réponse. — Éviter de se voir et de
se compromettre. — Ce moyen de communiquer rendra
toute surprise impossible. — L'envoyé de Londres V****
sera bientôt à Paris. »

— Vous comprenez à merveille, — poursuivit
Maurice, — que ceci devait éveiller au plus haut
point ma curiosité... — Le difficile était de trouver
le tombeau afin d'y suivre vos agissements, ou les
agissements de celui ou de ceux que vous chargeriez d'aller y porter votre correspondance...

» C'était difficile, mais non pas cependant impossible...

» Je découvris un moyen.

» Sans être un savant polyglotte, je parle assez
facilement une demi-douzaine de langues, parmi
lesquelles l'anglais, le russe et l'italien.

» Je me fis une tête, je revêtis un costume
d'Anglais touriste, et je me rendis au Père-Lachaise, où je baragouinai à un gardien, en français
de haute fantaisie, avec un accent britannique
plein de saveur, que je désirais visiter les tombeaux importants du cimetière.

» Le gardien parut quelque peu surpris de cette

fantaisie funèbre en plein cœur d'hiver, mais néanmoins il me procura un guide qui me fit admirer
pendant deux heures les beautés de la nécropole,
me conduisant de sépulture en sépulture, et je
vous assure que ses explications ne tarissaient pas !
— Quelle platine ! — tout au plus me laissait-il la
possibilité de placer un *aoh yes!* bien senti... —
Le cimetière est le domaine de ces gens-là... ils en
vivent... ils en connaissent les moindres recoins...
Je fis comprendre au guide que je désirais voir le
monument de la famille Kourawieff... — Il m'y
conduisit et, à propos de cette tombe, il me raconta une histoire singulière... le meurtre de la
comtesse Kourawieff commis par un *assassin dis-
tingué*... — C'est son mot... — Ne vous semble-t-il
pas original ?

En entendant la dernière phrase de Maurice,
Lartigues ne put s'empêcher de tressaillir.

Il jeta à la dérobée un regard au faux ecclésiastique qui écoutait avec une profonde attention.

Maurice continua :

— Il m'apprit ensuite que l'exhumation du corps
de la comtesse et son transport en Russie avaient
eu lieu un an après sa mort violente.

» Je savais où le tombeau se trouvait situé. —

C'était le principal. — Le reste m'importait peu.

» Je mis dix francs dans la main de mon cice-
rone, et je quittai le cimetière...

— Tout cela est fort bien conduit!... — dit Lartigues... — Je vous écoute avec le plus grand plaisir... — Votre activité me charme... à vingt ans
nous étions ainsi...

— Le lendemain je levais avec de la cire à mo-
deler l'empreinte de la serrure, — reprit Maurice;
— le surlendemain j'avais une clef qui me permettait d'entrer dans le tombeau... — J'avais apporté
tout un trousseau de petites clefs... — l'une d'elles
ouvrait le tabernacle. — Chaque jour je vins
prendre lecture de votre correspondance, que je
me gardais bien de soustraire et qui me mettait au
courant de vos affaires, intéressantes au plus haut
point...

— Mais, — demanda Verdier, — pourquoi avoir
frappé la femme qui nous servait de messagère?

— Eh! je n'avais nullement l'intention de tuer
la pauvre créature, puisque sa mort ne me servait
à rien... — répliqua Maurice. — Un malencontreux
hasard m'a mis dans la nécessité de commettre ce
meurtre... — Hier, à trois heures, je m'étais introduit comme de coutume dans le tombeau, pour y

lire la réponse à la note déposée la veille par
M. Jules Thermis...

» Au moment où j'allais ouvrir le tabernacle,
j'entendis une clef grincer dans la serrure de la
porte de bronze, et cette porte tourner sur ses
gonds.

» Je me jetai en arrière et je voulus m'accroupir
derrière l'autel.

» Je n'en eus pas le temps...

» Votre messagère entrait.

» Elle s'effraya en m'apercevant et jeta un cri.

» La peur de voir tout mon plan découvert, et
par cela même irréalisable, s'empara de moi.

» Je me jetai sur cette femme si mal à propos
venue, et je la frappai...

» Tonnerre du diable ! la gaillarde était éner-
gique... Elle se défendit comme une lionne... Elle
voulait me mordre et me donna beaucoup de mal...
— Ce fut dans cette tombe une effroyable lutte...
— A la fin je fus le plus fort... — la femme, mor-
tellement frappée, s'abattit et ne bougea plus.

» Je pris alors sur elle les notes qu'elle apportait et la liasse de billets de banque que je vous ai
remise tout à l'heure, puis je sortis ; je refermai la
porte derrière moi, je glissai de petits cailloux dans

la serrure afin de retarder autant que possible le moment où M. Jules Thermis apprendrait que votre secret était découvert, et je regagnai mon domicile où je m'empressai de lire la dernière note.

» Cette note annonçait pour une heure après minuit l'arrivée à Paris d'un envoyé de Londres apportant le mot de l'énigme que je brûlais d'éclaircir.

» L'occasion était belle...

» Je résolus de la mettre à profit.

XXIII

Maurice continua :

— Aucune précaution n'est inutile quand on veut dérober sa piste aux curieux de la police.

» Au lieu de gagner la plus prochaine place de fiacres j'allai prendre une voiture hors Paris, à la porte d'un cabaret, et je donnai l'ordre de me conduire à la gare du Nord, où j'attendis l'envoyé de Londres.

» Je le reconnus à son bras en écharpe ; — je prononçai le mot de ralliement ; il monta sans défiance avec moi et, dans le trajet de la gare du Nord à la rue Montorgueil, je le tuai pour prendre ses papiers.

» Vous savez le reste.

» Maintenant il s'agit de conclure.

» Du premier coup j'ai trouvé mon idéal, une immense affaire qui m'enrichira si j'en suis.

» Me croyez-vous capable de mener à bien cette affaire en m'aidant de vos conseils et de votre expérience ?

» Me jugez-vous digne de remplacer celui que j'ai frappé, et m'accorderez-vous la confiance que vous mettiez en lui ?

» Pour la seconde fois, je vous dis : Décidez.

Lartigues tendit la main au jeune homme.

— Vous méritez toute ma sympathie, cher monsieur, — s'écria-t-il, — et je ne vous la marchanderai pas... — J'aime votre nature primesautière, et votre énergie m'enchante ! — Tel vous êtes aujourd'hui, tel j'étais à votre âge... — Il me semble revivre en vous, et si j'avais un fils je voudrais qu'il vous ressemblât.

— Merci de votre bonne opinion, monsieur Thermis ; je la justifierai... — répondit Maurice en serrant avec effusion la main tendue.

— Moi aussi je vous apprécie, — fit Verdier à son tour. — Vous avez la décision, l'adresse et le sang-froid... — Ce sont des qualités précieuses qui

vous rendent digne, selon moi, d'obtenir la faveur
que vous sollicitez...

— Alors je suis des vôtres ?... — s'écria le jeune
homme rayonnant.

— Diable ! vous allez trop vite en besogne...

— Comment ?

— Songez que Thermis et moi nous ne sommes
pas seuls...

— Vous n'êtes plus que quatre...

— Oui, mais deux de ces quatre ne vous connaissent point encore, et ils ont voix au conseil comme
nous... — Nous ne pouvons rien décider sans
eux...

— Concluez !... — fit Maurice avec impatience.

— C'est facile et ce sera simple : — Nous avons
besoin d'un homme d'exécution, nous ne pouvons
trouver mieux que vous et nous vous acceptons
pour collaborateur... — Une large part du bénéfice
de l'affaire vous sera réservée, je m'en porte garant,
mais, pour que vous soyez admis à faire partie de
la société des *Cinq*, vous devez être agréé d'abord
par nos deux autres collègues, sans l'avis desquels
il nous est interdit de prendre une détermination
importante... — C'est l'article fondamental des
statuts.

» Je vais dès aujourd'hui leur écrire pour les mettre au courant de ce qui vient de se passer, et les sonder au sujet de votre admission...

» Leur réponse ne tardera guère et sera favorable, je n'en doute point; cependant, jusqu'à ce qu'elle arrive, vous ne pouvez être et vous ne serez pour nous qu'un collaborateur utile, indispensable même, mais non un associé... — Cela vous convient-il?

— Il le faut bien... — répondit Maurice en repliant et en mettant dans son portefeuille la lettre de Michel Brémont et la grille.

— Bref, vous acceptez la situation provisoire?

— Je l'accepte.

— C'est bien. — Demain nous arrêterons notre plan...

— Il sera d'une simplicité toute primitive ! — s'écria le jeune homme. — Il ne s'agit que de retrouver la famille Bressolles et Simone...

— Sans doute, mais les recherches doivent être entourées de précautions dont nous parlerons demain ... — Pour le moment j'ai une question à vous adresser...

— Faites...

— Les papiers que vous nous avez montrés ne
sont que des copies...

— Oui...

— Que sont devenus les originaux?

— Je les ai et je les garde...

— Vous vous défiez de nous... — fit Lartigues en
souriant.

— Ne vous connaissant pas, je m'en défiais naturellement beaucoup... — Je venais me livrer à
vous... — L'idée de me supprimer pouvait fort
bien vous traverser l'esprit... — Les originaux
demeurés en mon pouvoir, et remis peut-être par
moi sous enveloppe à un tiers chargé d'en faire
usage si je ne reparaissais pas, constituaient ma
sauvegarde... — Je suis convaincu que vous m'ap-
prouvez et que vous auriez agi de même à ma place.

— Vous avez raison de le croire... — dit le faux
abbé. — Mais les pièces en question sont dange-
reuses...

— Je le sais bien...

— Je ne vous propose pas de les détruire, seulement, dans votre intérêt aussi bien que dans le
nôtre, il faudra les mettre en une cachette introuvable... — Quant à cette copie de votre écriture,
elle ne sortira plus de mes mains.

13.

— C'est vous maintenant qui vous défiez, — fit Maurice en souriant à son tour.

— Vous avez pris vos sûretés, il est trop juste que nous prenions les nôtres... — Maintenant un bon conseil.

— Je suis prêt à l'entendre et décidé d'avance à le suivre.

— Agissez franchement avec nous... — Si vous tentiez de nous tromper, il vous arriverait malheur.

— Cette menace était inutile... — J'agirai franchement... Mon intérêt me le commande puisque j'aurai désormais ma part de tout danger qui menacerait l'association... — Et, à ce sujet, ne craignez-vous pas que les deux cadavres soient reconnus à la Morgue où certainement on les a portés ?

— Nous ne le craignons guère... — répliqua Verdier. — Il faudrait pour cela un hasard invraisemblable... — Jenny Staal n'était à Paris que depuis quinze jours et sortait le visage caché sous un voile épais... — Elle demeurait avec moi et on peut la croire repartie... — Quant à Jonathan Wild, il avait quitté Paris depuis vingt ans.

— Soit... mais Jenny et Jonathan étaient connus

quelque part, et la marque de leur linge peut servir
de point de départ pour une enquête...

— Cela se pourrait, en effet, si nous n'avions la
précaution pour nous-même, et si nous ne l'im-
posions à ceux qui nous servent, de porter du linge
sans marque ou avec marque de fantaisie ne pouvant fournir qu'un indice trompeur, de nature à
dérouter les recherches... — Faites votre profit de
ce que je viens de vous apprendre...

— Je le ferai, et en toutes choses je suivrai vos
conseils...

— Ce sera prudent... Comment vous nommez-
vous ?

— Maurice...

— C'est un nom de baptême, cela... — Votre
autre nom ?

— Mon véritable nom, je l'ignore... — Je vous
ai dit qu'un mystère entourait ma naissance ; mais,
pour ne point avoir l'air d'un enfant trouvé, je me
fais appeler *Vasseur*...

— Vous avez vingt-quatre ans ?

— A peu près.

— Vous demeurez ?

— Rue de Navarin, numéro 9.

Lartigues écrivit l'adresse sur son agenda.

— Demain matin, — dit-il, — vous recevrez un mot de moi vous assignant un rendez-vous...

— En quel endroit ? — demanda Maurice.

— Je n'en sais rien encore...

— Pourquoi pas ici ?

— Aujourd'hui même je quitterai cet hôtel... — C'est une mesure de sûreté indispensable, et j'ignore où j'irai loger.

— Avez-vous besoin d'argent ? — interrogea Verdier.

— Oui, puisque je suis pauvre et que je vous ai rendu les cent mille francs...

Le faux abbé Méryss défit la liasse de billets de banque.

Il en tendit vingt-cinq à Maurice.

— Voici de quoi prendre patience... — dit-il. — Évitez le jeu, les dépenses exagérées, les parties de plaisir bruyantes, tout ce qui pourrait enfin attirer sur vous l'attention de la police, ou même causer quelque surprise aux gens qui connaissent vos habitudes... — Ces vingt-cinq mille francs vous suffisent-ils ?

— Provisoirement, oui. — Ne voulez-vous pas que je commence aujourd'hui même des recherches sur la famille Bressolles ?...

— C'est inutile.

— Dois-je rester dans l'inaction ?

— Non. — Occupez-vous des agissements du parquet et de la préfecture, que la découverte du double assassinat doit avoir mis sens dessus dessous... — Il peut être utile de se tenir au courant... observez donc, mais avec prudence...

— Soyez tranquille...

— Pour le moment nous n'avons plus rien à dire... — Séparons-nous et à demain...

Les deux membres de la société des *Cinq* serrèrent les mains de Maurice avec l'apparence de la plus parfaite cordialité, et le jeune homme quitta, joyeux et triomphant, l'appartement numéro 17.

— Allons, — murmurait-il en descendant l'escalier de l'hôtel des Pays-Bas, — me voilà dans ma sphère... — J'ai le pied à l'étrier et la monture est bonne ! j'irai loin !...

Après une conversation qui dura près d'une heure et dans laquelle furent prises des déterminations importantes, Verdier quitta Lartigues.

Ce dernier descendit aussitôt après au bureau de l'hôtel, paya sa note, envoya chercher une voiture, fit charger sur cette voiture son bagage, et donna l'ordre de le conduire à la gare de Lyon, où il déposa ses malles à la consigne.

Ceci fait, il quitta le chemin de fer, gagna de son pied léger la place de la Bastille et monta sur l'omnibus allant à la Madeleine.

Il mit pied à terre boulevard du Temple, en face du passage Vendôme qu'il traversa pour se rendre rue Béranger.

Là il tourna à gauche et il entra dans la maison qu'habitait Verdier.

— Monsieur Martin ? — demanda-t-il au concierge qui répondit :

— Le corps de bâtiment dans la cour, au troisième, la porte à gauche...

— Je sais... — Merci...

Et Lartigues se dirigea vers la cour.

XXIV

Dans la maison de la rue Béranger on connaissait Verdier sous le nom de Martin, comme locataire de l'appartement du troisième étage du bâtiment donnant sur la cour.

Quant au logement d'où nous avons vu sortir
Verdier déguisé en ecclésiastique, il était loué par
un petit rentier du nom de *Marchais*, qui vivait seul
et très retiré, faisant ses provisions d'avance et ne
se montrant, pour ainsi dire, que le jour du terme,
encore descendait-il son argent chez le concierge.

Il recevait peu de lettres, jamais de visites,
payait exactement et donnait au jour de l'an de
larges étrennes à son portier ; celui-ci l'avait en

très haute estime depuis huit ou dix ans qu'il habitait la rue Béranger, et trouvait toute naturelle son existence un peu mystérieuse.

Avons-nous besoin de dire que ce monsieur Marchais n'était autre que Verdier lui-même.

Martin et Marchais, n'habitant ni le même corps de logis, ni le même étage, passaient aux yeux de tout le monde pour des individualités parfaitement distinctes.

Lartigues sonna très doucement et à deux reprises à la porte du prétendu Martin.

Cette porte lui fut ouverte par Verdier lui-même, revêtu du costume sous lequel nous l'avons vu pour la première fois au cimetière du Père-Lachaise.

Il fit entrer le visiteur et referma derrière lui.

Les deux hommes demeurèrent ensemble pendant environ une heure.

Au bout de cette heure la porte de l'appartement situé au second étage du corps de logis donnant sur le boulevard et loué par le rentier Marchais tourna sur ses gonds pour laisser sortir un homme enveloppé dans une longue douillette fourrée, et portant un chapeau de soie sur une épaisse chevelure noire à peine mélangée de blanc.

Cet homme était Lartigues, complètement méta-morphosé par les soins de Verdier, et ne ressem-blant en rien au Belge Jules Thermis de l'hôtel des Pays-Bas.

Il descendit sans se hâter et sortit par la porte du boulevard.

L'omnibus allant à la Madeleine passait; — il y prit place.

Nous ne tarderons guère à le retrouver.

Tandis que s'accomplissaient, rue de Grammont et rue Béranger, les choses que nous venons de raconter, la double enquête dont les débuts ont eu lieu sous nos yeux, au sujet du double crime du Père-Lachaise et de la rue Montorgueil, continuait.

Les deux cadavres avaient été transportés à la Morgue, où ils devaient subir l'examen du mé-decin délégué par la préfecture avant d'être exposés aux yeux du public.

Vers midi les magistrats étaient de retour au palais de justice.

Le procureur de la République fit appeler dans son cabinet le juge d'instruction, le chef de la sû-reté et le commissaire aux délégations, pour avoir des détails sur l'étrange et dramatique affaire dont tout Paris allait bientôt s'occuper.

Après le récit de M. Paul de Gibray, le chef de la sûreté conclut en ces termes :

— Nous allons mettre en chasse nos plus fins limiers et fouiller Paris, mais j'ai la conviction que nous ne retrouverons l'assassin ou les assassins que lorsque l'identité des deux victimes aura été constatée...

— Peut-être avez-vous raison... — répliqua le procureur de République. — Donc ne négligez rien pour constater le plus vite possible cette identité... — Paris s'effraye quand il voit de tels crimes rester trop longtemps impunis, car cette impunité résulte, selon lui, de l'impuissance de la police.

Le juge d'instruction, le commissaire aux délégations et le chef de la sûreté sortirent ensemble.

— Vous êtes à jeun comme moi, messieurs... — leur dit Paul de Gibray. — Permettez-moi de vous offrir à déjeuner au café d'Aguesseau... — De là, nous irons à la Morgue...

— Où j'ai enjoint à Jodelet et à Martel de nous attendre... — dit le chef de la sûreté. — J'accepte bien volontiers votre invitation.

Le commissaire aux délégations accepta de même.

M. de Gibray fit donner l'ordre d'amener à la

Morgue le cocher Cadet, qui devait se présenter
à son cabinet à une heure, puis il se rendit au
restaurant avec ses compagnons et commanda
des huîtres, des côtelettes aux pommes soufflées,
des œufs brouillés aux truffes, du pâté de foie gras
et du vin de Chablis-Moutonne.

Pendant le déjeuner l'entretien roula naturellement sur la question qui préoccupait les trois convives.

D'innombrables hypothèses, contradictoires pour
la plupart, furent formulées et discutées successivement.

Le chef de la sûreté croyait à une vengeance.

Le commissaire aux délégations attribuait le
double crime à un intérêt de famille.

Le juge d'instruction, très indécis, très perplexe,
ne se ralliait franchement à aucune de ces suppositions.

Il lui semblait qu'il fallait chercher dans une
autre voie.

Laquelle?

Il l'ignorait encore.

Le déjeuner ne dura pas plus d'une heure, puis
on quitta la table pour se rendre à la Morgue.

Jodelet et Martel s'y trouvaient déjà.

Le médecin de la préfecture n'était point encore arrivé.

Les magistrats entrèrent chez le gardien chef qui les conduisit à l'amphithéâtre, où les deux cadavres étaient étendus, recouverts d'un grand drap.

Ce drap, rabattu sur les cuisses, laissa voir les poitrines nues et souillées de larges taches de sang.

M. de Gibray et ses compagnons examinèrent attentivement les visages livides des victimes.

— J'ai donné l'ordre de ne point toucher aux cheveux restés dans la main de la morte, — dit monsieur de Gibray.

— On a respecté cet ordre, monsieur... — répliqua le garçon d'amphithéâtre en écartant tout à fait le drap et en montrant entre les doigts crispés la petite mèche de cheveux blonds.

— C'est bien... — Laissons-les où ils sont jusqu'à l'arrivée du médecin.

Le chef de la sûreté demanda au gardien chef :

— Avez-vous fouillé les vêtements ?

— Oui, monsieur, et avec le plus grand soin.

— Vous n'avez rien trouvé ?...

— Pardon, monsieur...

— Ah ! — s'écria Paul de Gibray, les yeux lui-
sants d'espoir. — Un indice peut-être...

— J'en doute beaucoup, monsieur, et la chose
me paraît de minime importance...

— Enfin, quelle est cette chose ?

— Un papier découpé, plié en huit, enveloppé
dans un morceau de papier blanc... Contenant et
contenu étaient dans la poche de lorgnon du gilet
de l'homme... — Dois-je vous remettre l'objet ?

— Dans un instant. — Vous êtes-vous assuré que
le linge ne portait aucune marque ?

— Il n'en porte aucune, monsieur, le fait est
consigné sur mon procès-verbal d'entrée, procès-
verbal dont j'aurai l'honneur de vous remettre un
double lorsque le médecin délégué y aura inscrit
ses observations.

En ce moment la porte de l'amphithéâtre s'ouvrit et le médecin que l'on attendait entra, suivi de
deux élèves qui lui servaient d'aides.

Le nouveau venu salua les magistrats et dit :

— J'ai été avisé qu'il y avait des constatations à
faire...

— Sur deux corps, oui docteur... — répliqua le
juge d'instruction.

— Je suis à vos ordres.

Le médecin revêtit un tablier blanc que lui tendait le garçon d'amphithéâtre, les deux aides en firent autant, et on se rapprocha des cadavres.

Le drap, complètement enlevé, laissa voir les corps dans un état d'absolue nudité.

— Ah ! ah ! des coups de couteau ! — murmura le docteur en se penchant vers les plaies.

— Je crois que ce sont plutôt des coups de poignard... — fit observer le commissaire aux délégations.

— Nous allons voir cela... — répondit le médecin.

Puis s'adressant au garçon d'amphithéâtre, il ajouta :

— Prenez une éponge humide et débarrassez les blessures du sang qui les cache à moitié.

Le subalterne alla chercher un vase rempli d'eau, une éponge, et se mit en devoir d'exécuter l'ordre qu'il venait de recevoir.

Jodelet étudiait en quelque sorte à la loupe le cadavre de la femme, cherchant un signe quelconque de nature à fixer l'attention et à faciliter la découverte de l'identité.

Il ne trouva rien et se mit en devoir de faire subir au corps de l'homme le même examen.

Soudain il tressaillit et se pencha vivement vers
o bras droit qui reposait sur le marbre à côté du
cadavre.

— Monsieur le juge d'instruction, — dit-il au
bout d'une seconde, — voici une marque dont il
sera bon de prendre note.

Et il désignait du bout du doigt un tatouage
placé sur l'avant-bras.

Tout le monde regarda.

— En effet, — répliqua M. de Gibray, — ceci
peut contribuer beaucoup à la prompte reconnais-
sance de cet homme... — Une couronne de lau-
riers au milieu de laquelle se trouve ce chiffre :
1849.

— L'année certainement où l'homme s'est fait
tatouer... — dit Jodelet.

— Et, au-dessus, deux sabres en croix... — continua le juge d'instruction.

— Preuve que l'homme a été soldat... — s'écria
l'agent.

Le chef de la sûreté intervint.

— En tout cas, — dit-il, — ce tatouage nous
prouve que l'individu n'appartenait pas à une famille d'une condition élevée...

— Il y a des fils de grande maison engagés vo-

lontaires, par conséquent simples soldats... — fit
le médecin.

— Sans doute, mais ils ne se laissent pas tatouer
des sabres sur les bras.

— C'est juste...

Le garçon d'amphithéâtre avait lavé les plaies.

Le docteur, un peu myope, mit son monocle et
approcha son œil des blessures de la femme.

— Vous aviez raison... — dit-il ensuite. — Voici
l'ouverture faite par un poignard à lame triangulaire... — La main qui frappait n'était pas sûre de
son coup... — La femme a dû se défendre énergi-
quement en empêchant l'assassin de frapper
juste...

— Vous supposez qu'une lutte s'est engagée? —
demanda M. de Gibray.

— C'est évident... — L'assassin, n'ayant pas tout
d'abord atteint son but, a porté un second coup qui
est allé droit au cœur.

XXV

Tout en disant ce qui précède, le médecin examinait la plaie située au-dessous du sein gauche.

— Rien ne gênait plus le meurtrier cette fois,
ajouta-t-il, — la victime devait avoir déjà perdu
connaissance.

— Veuillez, je vous prie, docteur, examiner la
main droite de la morte... — dit le juge d'instruction. — Elle tient encore dans ses doigts crispés
une mèche de cheveux blonds..... On nous a signalé l'assassin comme étant blond... — Ne vous
semble-t-il pas certain que ces cheveux doivent
lui appartenir.

— Cela me paraît indiscutable en effet, car ce

sont des cheveux courts, arrachés et non coupés.

M. de Gibray prit la mèche blonde et l'enveloppa d'un papier qu'il serra dans son portefeuille.

Le docteur, après avoir jeté un dernier regard sur le corps féminin, passa au cadavre de l'homme et tressaillit en voyant la blessure béante placée sous le sein gauche.

— Ces deux cadavres ont été trouvés dans le même endroit, sans doute ? — demanda-t-il au juge d'instruction.

— Non, monsieur, l'un a été trouvé au Père-Lachaise, et l'autre relevé dans une voiture de louage, rue Ernestine, à la Chapelle.

— C'est cependant la même arme qui les a frappés tous deux...

— En avez-vous la certitude ?

— Sinon la certitude, du moins la conviction et vous allez la partager...— Regardez ces blessures... — Celles de la femme sont plus anciennes de quelques heures que celles de l'homme et, malgré la dépression des chairs, la forme des orifices est identique pour toutes... — Si les plaies de l'homme sont plus larges, c'est que l'arme a été enfoncée plus profondément, jusqu'à la garde, mais la lame du poignard a laissé sa trace triangulaire, vous le voyez aussi bien que moi... — Etes-vous convaincu ?

— Je le suis d'autant plus que je l'étais déjà, — répondit M. de Gibray, — et votre conviction n'a fait que fortifier la mienne... — Oui, la même arme, tenue par la même main, a frappé ces deux victimes... — Vous est-il possible de nous apprendre à quelles heures les crimes successifs ont été commis ?

Le médecin étudia longuement les corps.

— Le décès de la femme remonte à vingt-quatre heures environ... — fit-il ensuite, — celui de l'homme à douze ou quatorze heures, tout au plus...

— Donc il n'y a pas d'erreur possible... — s'écria M. de Gibray. — C'est vers trois heures de l'après-midi que le jeune homme blond, signalé par un des témoins, entrait dans le tombeau Kourawieff. C'est lui qui a frappé cette malheureuse ! — C'est vers une heure du matin que le second meurtre a été commis, dans la voiture du cocher Cadet, par le même jeune homme blond... — Les heures se rapportent à merveille... Une question encore docteur, je vous prie...

— Interrogez, monsieur, je suis à vos ordres.

— Pour quelle cause l'homme assassiné portait-il un de ses bras en écharpe ?

— Vous êtes certain du fait ?

— Oui, le cocher l'a déclaré...

Le docteur examina longuement et attentivement les deux bras, massa la chair et les muscles, fit craquer les jointures.

— Je ne trouve, — dit-il ensuite, — aucune luxation, aucune foulure, aucune cicatrice de plaie ancienne ou nouvelle, donc je ne comprends pas pourquoi cet homme portait son bras en écharpe...

— Tout est mystérieux dans cette affaire... — murmura M. de Gibray. — Docteur, — ajouta-t-il, — avez-vous terminé vos constatations ?

— Oui... — Il ne me reste qu'à rédiger mon procès-verbal.

— C'est bien... — Rien n'empêche désormais de procéder à l'exposition publique des cadavres, et je désire que cette exposition ait lieu sans retard car il importe que l'indentité des victimes soit établie le plus tôt possible...

Les garçons d'amphithéâtre se mirent en devoir de transporter les corps sur les dalles inclinées de la Morgue, tandis que le médecin, accompagné par

les magistrats, passait au greffe et redigeait son
procès-verbal.

— Veuillez me remettre le papier trouvé par vous
dans la poche du gilet... — dit M. de Gibray au
greffier.

— A l'instant, monsieur...

Et, ouvrant un placard situé dans un angle de
la pièce, le greffier y prit un papier plié qu'il tendit au juge d'instruction.

Ce dernier le défit et en tira un second papier
plié en huit, qu'il déplia à son tour et qui n'était
autre qu'une demi-feuille de dimension in-18,
réglée, dans laquelle se trouvaient découpées des
ouvertures de un centimètre et demi de long, sur un
centimètre de large, suivant exactement les rayures
de la feuille, entièrement semblable d'ailleurs à
celle dont s'était servi Maurice pour lire la lettre
de Michel Brémont ramassée par lui dans le bois
de Vincennes.

Tous les personnages rassemblés au greffe regar-
daient ce papier avec une curiosité mêlée d'éton-
nement.

— Qu'est-ce que cela peut être? — demanda M. de
Gibray à voix haute. — Je suis bien forcé de
convenir que je n'en sais rien et je doute qu'il

14.

faille se préoccuper d'une chose de si peu d'importance...

— Cependant, — dit Jodelet, — cet homme devait avoir un motif pour porter cela dans sa poche, et pour l'envelopper avec soin, comme un objet précieux...

— Vous pouvez avoir raison, — reprit le juge d'instruction, — mais le motif dont vous parlez nous demeure inconnu... — Du reste, je garde cette pièce, si minime que paraisse sa valeur... — Peut-être nous servira-t-elle un jour...

Et il plaça le papier découpé dans son portefeuille, à côté de la mèche de cheveux blonds.

A cette minute précise on vint le prévenir qu'un cocher de régie arrivait à la porte de la Morgue et demandait à le voir.

— C'est l'homme de la rue Ernestine. — fit M. de Gibray. — Nous allons continuer avec lui notre enquête sur les points qu'il nous a désignés ; j'espère que nous y trouverons les éclaircissements dont nous avons si grand besoin.

Les magistrats et les agents sortirent du greffe et rejoignirent Cadet qui les attendait sur le siège d'une voiture à quatre places mise à sa disposition par son patron.

—Présent et à l'heure, monsieur le juge et la
compagnie... — fit-il en saluant, — et avec un berlingot de première classe et un bon cheval pour
vous conduire où vous voudrez aller.

— Je vous félicite de votre exactitude et nous
profiterons de la voiture que vous amenez... — dit
M. de Gibray. — Vous, messieurs, — continua-t-il en s'adressant à Jodelet et à Martel, —
prenez un fiacre et suivez-nous... — C'est à l'avenue
de Saint-Mandé que nous irons d'abord... Au restaurant des *Barreaux-Verts*.

Martel courut chercher un petit fiacre qui suivit
le coupé trois-quarts dans lequel s'étaient installés
le juge d'instruction, le chef de la sûreté et le commissaire aux délégations.

Il était trois heures et demie quand on arriva aux
Barreaux-Verts.

Quelques mots suffirent pour mettre le patron
de l'établissement au courant de ce qui se passait,
et il se tint prêt à répondre aux questions qu'on ju-
gerait à propos de lui adresser.

— Vous vous rappelez le fait ? — lui demanda
M. de Gibray.

— Oui, parfaitement... — Je commençais à mettre les volets de ma devanture... — Je vis dans la

rue, en face de chez moi, un monsieur examinant les trois fiacres qui stationnaient devant la porte...

— Ce monsieur s'approcha et me demanda si l'une des voitures était disponible...

» Naturellement je n'en savais rien...

» Je rentrai dans la salle et je répétai la demande aux cochers qui jouaient en buvant...

» L'un d'eux se leva, régla la dépense et chargea le voyageur...

» C'est celui-ci, je le reconnais très bien... — ajouta le restaurateur en désignant Cadet.

— Avez-vous vu le visage de ce voyageur ? reprit le juge d'instruction.

— Pas beaucoup, car un grand cache-nez en couvrait plus de la moitié, mais je puis certifier que le quidam avait des cheveux blonds, des favoris de la même couleur, et qu'il portait un pince-nez...

— Parlait-il bien le français ?

— Comme vous et moi, monsieur, mais avec un accent étranger.

— Quel accent ?

— Accent du Nord, à ce qui m'a paru...

— Quelle heure était-il ?

— Minuit moins un quart... — C'est le moment où, tous les soirs, je mets mes volets...

— Vous n'avez rien de particulier à nous signaler au sujet de l'homme au pince-nez ?

— Rien, monsieur...

— Il ne paraissait point inquiet ?...

— Il avait plutôt l'air pressé d'arriver, car il a dit au cocher de marcher bon train...

— L'avez-vous entendu nommer l'endroit où il se faisait conduire !...

— Non, monsieur.

— Vous ne l'aviez jamais vu auparavant ?

— Jamais... — Du moins je ne me souvenais pas de lui.

Évidemment le marchand de vin restaurateur n'avait pas autre chose à dire.

L'interrogatoire, en conséquence, était terminé.

Les magistrats et les agents remontèrent dans leurs voitures respectives qui prirent le chemin de la gare du Nord.

M. de Gibray déclina son nom et sa qualité et demanda à être conduit au cabinet du chef de gare, ce qui fut fait sans une minute de retard.

Là, il se nomma de nouveau.

— A vos ordres, monsieur... — dit le chef. — Quelles recherches désirez-vous faire et à quoi puis-je vous être bon ?

— Je désirerais savoir quel était le chef du train arrivé à Paris à une heure du matin, et le receveur du même train...

— Ce sera facile, monsieur... — Je vais vous apprendre leurs noms... Il me suffira de consulter le cahier de service...

Puis, au bout d'une seconde :

— Le chef de train se nomme Boissieu, et le receveur s'appelle Pernet.

— Puis-je interroger sur-le-champ ces deux employés ?

— Oui, monsieur ; ils doivent se trouver à la gare en ce moment, car ils vont partir pour Calais par le train de quatre heures...

— Veuillez, je vous prie, leur faire donner l'ordre de se rendre ici...

XXVI

Le chef de gare envoya un employé à la recherche de Boissieu et de Pernet.

Au bout de quelques minutes les deux hommes entrèrent dans le cabinet du chef qui leur dit, en désignant Paul de Gibray :

— Monsieur est juge d'instruction... — Répondez donc aux questions qu'il va vous adresser...

Boissieu et Pernet, très étonnés, un peu inquiets, — (la justice inquiète toujours, même quand on n'a rien à se reprocher), — firent un profond salut et regardèrent curieusement le magistrat.

— Lequel de vous, — demanda ce dernier, — est

le chef du train qui est arrivé en gare à Paris à une heure du matin ?

— Moi, Georges Boissieu, monsieur... — fit l'un des deux hommes en s'avançant.

— Vous veniez ?

— De Calais.

— Pendant le parcours de Calais à Paris vous avez dû entrer plus d'une fois dans les compartiments afin de contrôler les billets.

— Ce n'est pas moi, monsieur, qui suis chargé de ce soin... — c'est Pernet que voilà...

M. de Gibray reprit, en s'adressant à Pernet :

— N'avez-vous point remarqué, parmi les voyageurs avec lesquels vos fonctions vous mettaient en rapport, un homme ayant le bras en écharpe ?

— Si, monsieur le juge d'instruction, et je m'en souviens d'autant mieux que j'ai été frappé par un détail à ce sujet.

— Quel détail ?...

— Le voyageur en question occupait un compartiment de première classe ; quand je me présentai pour contrôler son billet, il ne portait point d'écharpe et les mouvements de son bras étaient parfaitement libres... — Au contraire, lorsqu'un peu

avant d'arriver à Paris j'entrai de nouveau pour m'assurer qu'aucun voyageur n'était monté en route, il
avait le bras en écharpe. — Je lui demandai s'il s'é-
tait blessé, — il me répondit qu'il souffrait de dou-
leurs rhumatismales intermittentes...

— Voilà ce qu'il était essentiel de savoir... — dit
le juge d'instruction. — Je ne crois pas au prétexte
mis en avant par le voyageur... — Ce bras en
écharpe devait être un indice convenu pour qu'on
pût le reconnaître à son arrivée... — J'avais déjà
pensé cela... — Ce que je viens d'apprendre fortifie
ma conviction... — Où ce voyageur a-t-il pris le
chemin de fer ?

— Au point de départ, à Calais.

— Avait-il des bagages ?

— Non, monsieur... — Le ticket n'en indiquait
pas... — Je me le rappelle parfaitement...

— Pourriez-vous me donner le signalement du
voyageur ?

Pernet consulta sa mémoire et répondit :

— C'était un particulier d'une cinquantaine d'années, sans barbe, portant un petit chapeau rond,
un pardessus brun et un cache-nez blanc.

— C'est bien l'homme assassiné... le signalement
est exact... — dit le chef de la sûreté.

Le juge d'instruction reprit :

— Savez-vous si cet homme était un habitant de Calais ? — Voyageait-il souvent sur la ligne ?

— Je n'en sais rien, monsieur... — je le voyais hier pour la première fois.

— Parlait-il bien le français ?

— Oui, monsieur, sans le moindre accent.

— Il suffit, messieurs... — Pour le moment je n'ai pas d'autres questions à vous adresser...

Les deux employés se retirèrent.

— A l'arrivée de chaque train, — demanda le juge d'instruction au chef de gare, — vous avez un ou deux employés chargés de recevoir les billets à la porte de sortie...

— Oui, monsieur... c'est un service spécial...

— Je désirerais voir le préposé aux tickets de la nuit dernière...

— Je vais le faire appeler.

L'homme se rendit presque aussitôt aux ordres du chef de gare. — Il se nommait Gautier.

— Je n'ai qu'une seule question à vous adresser... — lui dit le juge d'instruction. — Vous souvenez-vous d'avoir vu passer devant vous cette nuit, à l'arrivée du train de une heure du matin, un homme portant le bras en écharpe ?...

— Je m'en souviens à merveille... — Au moment
de sortir, ce voyageur s'arrêta devant moi et chercha dans la poche de son gilet son billet qu'il
trouva, non sans peine... — Il me le tendit en me
priant de l'excuser...

— Avez-vous remarqué s'il avait de l'accent ?

— Aucun, monsieur...

Le chef de la sûreté murmura :

— Ce n'est point un étranger... — Nous prendrons des renseignements à Calais.

Le juge d'instruction, s'adressant toujours au receveur, poursuivit :

— Vous êtes-vous aperçu que quelqu'un attendît
le voyageur à la gare?

— Oui, monsieur... — Aussitôt après sa sortie
il fut accosté dans la salle d'attente par un jeune
homme qui l'attendait depuis trois quarts d'heure...

— Depuis trois quarts d'heure ! — s'écria Paul
de Gibray.

— Oui, monsieur.

— Vous devez vous tromper...

— Non, je ne me trompe pas... — J'ai dit trois
quarts d'heure et je le maintiens... — Je suis sûr
de mon fait, par la raison que trois quarts d'heure
auparavant, comme je fermais les portes après la

sortie des voyageurs du train de minuit et quart,
le jeune homme est venu me demander si ce train
arrivait de Calais... — Je lui répondit négative-
ment... — Il me demanda à quelle heure il arriverait... — Je répliquai : — « *A une heure...* — *J'attends un ami par ce train,* — me dit-il alors, — *et
j'avais peur d'être en retard...* »

M. de Gibray fronçait le sourcil d'un air mécon-
tent.

— Voilà qui est au moins singulier !! — fit-il. —
Les heures s'accorderaient mal avec celles indi-
quées par le cocher Cadet et le restaurateur de l'a-
venue de Saint-Mandé...

— Il doit y avoir confusion... — répliqua le chef
de la sûreté, — c'est une chose à éclaircir...

Le juge d'instruction poursuivit :

— Avez-vous vu le visage du jeune homme qui
attendait ?

— Assez mal, — répondit l'employé, — il portait
un cache-nez qui lui couvrait une partie de la
figure... — Ce qu'il y a de certain, c'est qu'il
avait des cheveux blonds, des favoris blonds et un
pince-nez d'écaille.

— C'est bien le signalement !... — dit le chef de
la sûreté. — Je n'y comprends rien !

— De quelle couleur était le cache-nez ? — reprit M. de Gibray.

— De couleur sombre, monsieur, je crois, ainsi que tout le costume...

— Etes-vous certain que, depuis le moment où il vous a interrogé jusqu'à celui de l'arrivée du train de Calais, le jeune homme est resté dans la salle d'attente ou aux environs de la sortie ?

— Je l'ai aperçu à trois ou quatre reprises.

— Faites venir le cocher Cadet... — ordonna le juge d'instruction.

Le chef de la sûreté sortit du cabinet et donna un ordre à l'agent Martel, qui s'empressa d'aller chercher le cocher de la rue Ernestine.

— Cadet, — lui dit M. de Gibray, — il faut faire un effort de mémoire. J'ai besoin de savoir au juste combien de temps vous avez stationné ici, la nuit dernière, en attendant l'arrivée du train de une heure...

— Mon juge, je vous l'ai déjà expliqué...

— Répétez-le-moi...

— J'étais arrivé ici à une heure moins le quart...
— J'ai donc attendu vingt minutes environ...

— Monsieur le juge d'instruction, — fit observer le chef de la sûreté, — vous n'avez pas demandé au

receveur des tickets si le jeune homme qui s'est
adressé à lui pour avoir des renseignements parlait
facilement le français...

— C'est juste... — Vous avez entendu la question... Répondez-y...

L'employé répondit en effet :

— Le jeune homme parlait bien français, mais
avec un accent prononcé...

— De quelle nature ?

— Je ne m'y connais pas ; — je crois cependant
que c'était un accent du Nord.

— C'est parfaitement notre assassin ! — s'écria
Paul de Gibray. — Il doit y avoir dans tout ceci un
malentendu facilement explicable..- — Le train de
Calais n'avait-il point éprouvé de retard?...

— Pardon, monsieur, — répliqua le chef de gare,
— il avait un retard de vingt minutes.

— Alors, le malentendu n'existe plus... — Le
jeune homme aura fait une apparition ici, se sera
fait conduire à toute vitesse avenue de Saint-Mandé,
où il aura quitté sa voiture pour prendre celle de
Cadet, et c'est à son retour que l'employé, l'aura vu
se promener et attendre.

— Peut-être... — dit sans conviction le receveur

à qui la chose paraissait impossible, — mais il me semblait bien l'avoir vu auparavant.

En ce moment Jodelet et Martel entrèrent, accompagnant un facteur de la gare.

— Qu'y a-t-il, Jodelet ? — demanda le chef de la sûreté.

— Monsieur, nous vous amenons ce brave garçon avec lequel je causais au dehors et qui vient de nous donner, je crois, un précieux renseignement au sujet de notre jeune homme blond...

— Vous avez vu ce jeune homme ? — fit vivement le juge d'instruction s'adressant au facteur, qui répondit :

— Un jeune homme avec un cache-nez, un pince-nez et des favoris blonds ? oui, monsieur... — Il descendait de voiture et me demanda si le train de Calais était arrivé. — Je répliquai que je ne le croyais pas. — Je le vis alors se diriger vers le sortie, puis revenir et remonter dans sa voiture.

— Parlait-il bien le français ?

— Avec un fort accent étranger, russe, allemand ou suisse.

— Vous rappelez-vous l'heure à laquelle il s'est adressé à vous ?

— Il pouvait être minuit et quart.

— L'avez-vous vu plus tard ?

— Oui, monsieur... — Au moment où le train de Calais arrivait, il attendait à la porte de sortie un voyageur avec lequel je l'ai vu s'éloigner...

— Avez-vous remarqué si le voyageur avait le bras en écharpe ?

— Non, monsieur... — Je passais très vite, ayant affaire ailleurs...

Il devenait évident pour tout le monde que la confusion des heures venait du retard du train de Calais et que le jeune homme blond n'avait pas de sosie.

. Les magistrats prirent congé du chef de gare et se retirèrent.

XXVII

Quoiqu'il fût déjà tard, M. de Gibray tenait à se rendre le jour même à l'endroit indiqué par Cadet comme ayant terminé sa dernière étape, c'est-à-dire à l'hôtel de la rue Montorgueil où il avait laissé, c'est-à-dire cru laisser les deux voyageurs.

— Vous reconnaîtrez parfaitement cet hôtel ? — demanda le chef de la sûreté à Cadet.

— Je vous y conduirais les yeux fermés, monsieur ; aujourd'hui surtout où je n'ai bu que du ratafia de grenouilles, autrement dit de l'eau claire.

— En route donc, et marchez bon train...

Vingt minutes plus tard les deux voitures s'arrê-

15.

taient rue Montorgueil en face de la maison meublée reconnue par Cadet.

— Il me semble que c'est par ici que nous aurions dû commencer... — hasarda le commissaire
aux délégations.

— Ce n'est pas mon avis... — répliqua M. de Gibray avec quelque hauteur. — Soyez sûr que l'assassin n'a fait que passer dans cette maison... —
S'il y loge, ou du moins s'il y a logé, il était bien
trop habile pour attendre qu'on vînt l'y mettre en
état d'arrestation...

On descendit des voitures. — On entra.

En voyant tout ce monde faire irruption chez lui
le maître d'hôtel, qui connaissait de vue le chef de
la sûreté, crut à une descente de police et éprouva
une émotion vive, mêlée de trouble et de terreur,
quoiqu'étant un brave homme et n'ayant rien à
craindre.

— Monsieur, — lui dit le juge d'instruction
après s'être nommé, — je viens chez vous, non
vous faire subir un interrogatoire, mais vous demander quelques renseignements...

— Je suis prêt à vous répondre, monsieur... —
De quoi s'agit-il ?

— Tous les logements de votre hôtel sont habités ?

— En ce moment, il s'en faut, monsieur... — Ça
ne marche pas du tout... — Je n'ai que cinq locataires sur douze numéros qui devraient être
pleins... — Voulez-vous connaître les noms, prénoms et professions de mes cinq locataires?

— Sans doute...

— Je vais vous les donner...

Le logeur ouvrit son registre d'inscription et
continua :

— Voici les noms des personnes présentes :
M. Tourtin (Achille), voyageur de commerce, ici
depuis quinze jours... cinquante ans. — M. Blan-
chard (Eugène), habitant à l'année chez moi et
prenant pension à ma table, employé à la mairie,
... quarante-deux ans. — M. Damiron (Alphonse),
courtier en vins... arrivé hier soir.

— A quelle heure? — demanda de Gibray.

— A cinq heures.

— Quel âge a-t-il?

— Soixante ans.

— Continuez...

— M. Fernel (Isidore), et son *épouse*, des gens de
province, des clients de chaque année, établis à
Nangis marchands de nouveautés, et qui sont

venus faire leur approvisionnement à Paris... —
Ils sont ici depuis deux jours...

— Vous n'avez pas d'autres voyageurs?

— Pas d'autres, non, monsieur.

— Aujourd'hui personne n'a quitté votre hôtel?

— Ni hier, ni aujourd'hui, personne...

— Mais cette nuit, quelqu'un s'est présenté pour
coucher?

— Non, monsieur...

— Vous en êtes sûr? — fit le juge d'instruction
étonné.

— Comment, si j'en suis sûr? — Et, tenez, —
ajouta le maître d'hôtel en désignant un jeune
homme pâle et maigre, en tablier blanc, qui franchissait le seuil du cabinet, — voilà le garçon qui
passe la nuit sur un lit de camp dans cette pièce...
il pourra vous confirmer mon dire...

Le garçon s'était approché.

— Vous n'avez reçu aucun voyageur cette nuit?
— lui demanda M. de Gibray.

— Non, monsieur... mais ça n'empêche pas qu'il
est venu quelqu'un vers une heure et demie du
matin...

— Quelqu'un? — répéta le juge d'instruction.

— Oui, monsieur... — Je dormais les poings fermés quand la sonnette de l'hôtel, qui donne ici comme vous voyez, au-dessus du bureau, me réveilla en carillonnant. Je sautai en bas du lit, je passai mon pantalon, je tirai le cordon et j'attendis... — Ne voyant personne venir, je crus qu'un pochard ou un mauvais drôle m'avait fait une farce de fumiste, comme cela arrive quelquefois... — Je me préparais à aller refermer la porte quand un monsieur entra et vint me demander si nous n'avions pas deux dames, la mère et la fille, arrivées d'Italie depuis deux jours et qui, disait-il, devaient être descendues à notre hôtel... — Il ajouta que ces dames s'appelaient *Amati* ou *Salenti* enfin un nom en *i*... — Naturellement je lui répondis que nous n'avions pas ça... — Il me remercia très poliment en me faisant beaucoup d'excuses de m'avoir réveillé pour rien, et il sortit du bureau... — Je le reconduisis jusqu'à la porte que je refermai derrière lui et je revins me jeter sur mon lit... — Voilà l'histoire...

— Cet homme paraissait-il étranger ? — fit le juge d'instruction.

— Il parlait bien le français, mais avec un accent.

— Quel accent ?

— Allemand, je crois, ou quelque chose d'approchant...

— Pendant qu'il causait avec vous avez-vous vu son visage?

— Imparfaitement... — Il était emmitouflé dans un cache-nez qui montait presque jusqu'aux yeux... — J'ai bien remarqué pourtant qu'il avait des cheveux et des favoris blonds, et qu'il portait une espèce de lorgnon à deux verres...

— C'est bien le même! — s'écria M. de Gibray, puis il ajouta : — Avez-vous remarqué, en le reconduisant, si une voiture l'attendait à la porte?

— J'ai jeté un coup d'œil dehors... il n'y en avait pas...

— C'est singulier...

— Eh! non, c'est tout simple, au contraire... — répliqua le chef de la sûreté. — Songez que nous avons affaire à un gaillard très adroit, et que ce gaillard suivait un plan combiné d'avance. — Après avoir envoyé le cocher chercher de la monnaie, il a tiré le cordon de la sonnette et laissé la porte ouverte, afin qu'à son retour Cadet fût convaincu que le second voyageur était déjà dans l'hôtel, où le meurtrier est entré lui-même après avoir reçu la monnaie, payé le cocher et vu partir le fiacre emportant un cadavre. — Il lui fallait un prétexte plausible pour expliquer aux gens de l'hôtel sa visite nocturne... — Il a pris celui des deux femmes arrivant d'Italie... — Et tout cela exécuté avec un aplomb inouï, avec un sang-froid prodigieux... — Je vous l'affirme que le misérable n'en est pas à son coup d'essai!... — Il nous donnera du fil à retordre...

Le juge d'instruction, très contrarié du peu de résultats de son enquête, baissait la tête et fronçait les sourcils.

— A demain, messieurs, — dit-il au chef de la sûreté et au commissaire aux délégations. — Je vais étudier l'affaire à tête reposée... — Prenez de votre côté les mesures qui vous sembleront utiles...

Dix minutes plus tard, le commissaire aux délégations et le chef de la sûreté se trouvaient ensemble dans le cabinet de ce dernier à la préfecture de police.

— Quelle est votre opinion sur tout ceci? — demanda le commissaire.

— La situation me semble embarrassante... — Nous sommes en face d'un crime mystérieux, auquel une grande famille doit se trouver mêlée.

» Le tombeau Kourawieff, au Père-Lachaise, était un lieu de rendez-vous où s'échangeaient certainement des communications importantes ; on y déposait en outre des correspondances secrètes... Le tabernacle ouvert et des traces de doigts imprimées sur la poussière intérieure le démontrent jusqu'à l'évidence.

» L'homme assassiné portait à la vérité sur le bras des tatouages fournissant la preuve d'une humble origine, mais la finesse de son linge, le luxe relatif de ses vêtements, permettent de supposer qu'il était riche, ou du moins qu'il agissait pour le compte de personnes riches...

» Cet homme, ainsi que la seconde victime, la malheureuse femme trouvée dans le tombeau, devaient posséder un secret qu'une tierce personne avait intérêt à leur arracher... — Cette personne est certainement l'assassin...

— Le jeune homme blond, au pince-nez ?

— Sans doute.

— Peut-être n'était-il qu'un agent payé...

— Non. — Un agent payé n'arrive pas à ce degré de perfection dans le crime... — L'assassin travaillait pour son propre compte, je l'affirme, et le vol n'était point son but, puisque les victimes n'ont

pas été dépouillées... — Donc le mobile dont je vous parlais tout à l'heure est le seul admissible...
— Ceci rendra nos recherches bien difficiles...

— Ah ! — répondit le commissaire, — les criminels, malgré toute leur adresse, finissent un jour ou l'autre par se laisser prendre... On ne pense pas à tout...

— Aussi ne vais-je rien négliger... — Les plus fins limiers de la brigade seront lancés avant une heure sur tous les points de Paris avec le signalement de l'assassin... signalement, par malheur, bien incomplet, car il n'en restera rien si le scélérat se fait couper les cheveux, raser les favoris, et cesse de porter un pince-nez...

— N'êtes-vous point d'avis d'expédier un agent à Calais, avec la photographie de l'homme assassiné ?

— Je le ferai certainement, car je désespérerai du succès de nos recherches jusqu'au moment où l'identité des victimes sera reconnue...

Le chef de la sûreté frappa sur un timbre, fit appeler des agents à la tête desquels se trouvaient Jodelet et Martel et leur donna des ordres, puis, après avoir expédié les affaires courantes, il s'en alla dîner avec le commissaire aux délégations.

*
* *

En quittant Verdier et Lartigues, c'est-à-dire le faux abbé Meyriss et le Belge Thermis, Maurice, le front radieux, la lèvre souriante, enchanté de lui-même et regardant comme un fait accompli la réalisation de ses rêves les plus ambitieux, était allé déjeuner dans un restaurant du boulevard, puis avait regagné son appartement de la rue de Navarin.

Malgré sa gaieté, il éprouvait un sentiment d'inquiétude vague qu'il ne parvenait point à chasser.

Il *buvait du lait*, — comme on dit vulgairement, — mais il y avait une *mouche dans sa tasse*.

Cette mouche n'était autre que le bouton de manchette égaré la nuit précédente.

XXVIII

Maurice se posait sans relâche cette double question :

— Ai-je laissé ce bouton à la manchette de la chemise que j'ai brûlée?... — L'ai-je perdu?

» Il me semble bien l'avoir retiré comme les autres... — se répondait-il, et il ajoutait : — S'il était encore à la manchette il se sera trouvé dans les cendres jetées par moi... Si au contraire je l'ai perdu, est-ce au Père-Lachaise? Est-ce dans la voiture? — Ce serait très fâcheux, mais c'est invraisemblable... — J'étais un peu troublé, malgré moi, en entrant ici... J'aurai retiré ce malheureux bouton

et je l'aurai posé distraitement quelque part... —
Où? — Impossible de me le rappeler...

En disant ce qui précède le jeune homme fure-
tait de tous côtés, inspectant les meubles, ouvrant
les tiroirs.

Il ne trouvait rien.

— Décidément je l'aurai perdu ou brûlé... — reprit-il... — Mais, en somme, je serais ridicule de
me préoccuper pour si peu... — En admettant
qu'il tombe entre les mains de la justice il ne prou-
verait rien contre moi... — Seulement, il faut empêcher Octavie de donner suite à son absurde projet! — Porter ce bouton chez un bijoutier, le faire
monter en épingle de cravate!... — Jamais de la
vie! — Je trouverai sans peine un prétexte pour
la détourner d'une turlutaine si compromettante...
— Le bouton me sera rendu et je le détruirai... —
Toute réflexion faite, je n'ai point sujet de m'alar-
mer... — Je défie les plus malins policiers du
monde de deviner en moi l'homme blond dont ils
trouveront le signalement à chaque pas dans leur
double enquête. — Comment arrivaient-ils à supposer d'ailleurs que les deux meurtres ont été
commis par la même personne?... — Ils s'agiteront
énormément, feront beaucoup de bruit mais peu

de besogne, et ne verront goutte dans une obscurité que j'ai su rendre impénétrable...

Maurice, rasséréné complètement par ces dernières réflexions, prit son chapeau, mit ses gants et
sortit pour aller chez Octavie, avec laquelle, — nos
lecteurs se le rappellent peut-être, — il avait promis de dîner.

La jeune femme demeurait rue Caumartin.

Elle habitait la maison à rotonde qui forme le
coin de la rue Basse-du-Rempart.

Pour se rendre chez elle Maurice descendit la
rue des Martyrs, prit la rue Le Peletier et gagna le
boulevard.

A la hauteur de Tortoni il se trouva en face d'un
jeune homme très élégant qui lui tendit la main
en s'écriant :

— Ah! c'est vous, cher... — Comment ça va?...
— Il y a des siècles qu'on ne vous a vu... —
Qu'est-ce que vous devenez?

— Je pioche beaucoup, — répondit Maurice.

— Toujours au même journal, le Scorpion?...

— Toujours.

— Du reportage, alors?

— Oui, mais en dehors du reportage je m'occupe d'œuvres sérieuses... — Je veux faire du

théâtre... — Je prépare un drame, quelque chose de très corsé... — J'y ai travaillé d'arrache-pied la nuit dernière... — ajouta cyniquement le misérable.

— Parfait! nous irons vous applaudir... nous vous ferons un succès monstre!... Ah! vous réussirez... vous êtes sympathique à tout le monde... — Mais dites donc, cher, le travail ne prend pas vos journées et vos nuits?...

— Certes non, et si nous ne nous sommes point rencontrés ces temps derniers c'est bien par l'effet du hasard, car je vais presque tous les soirs au théâtre...

— Je n'y suis pas allé, moi, depuis plusieurs jours. — Dites donc, cher, êtes-vous libre ?

— Comment l'entendez-vous? — demanda Maurice en souriant.

— J'entends, libre d'accepter une invitation à dîner ?

— Pour quand?

— Pour aujourd'hui.

— Ah! diable! voilà qui se trouve mal, mon cher d'Arfeuilles... — fit Maurice en mordant sa moustache.

— Comment et pourquoi?

— J'accepterais avec le plus grand plaisir votre invitation, si je n'avais pris un engagement pour le dîner et la soirée.

— Avec une femme, je parie?

— Ne pariez pas, vous gagneriez.

— Une jolie femme?

— C'est l'avis général et c'est aussi le mien...

— Une conquête nouvelle?

— Non, une amie déjà ancienne, au contraire...

— Un crampon, alors!... Il n'en faut pas! — Lâchez-la pour ce soir, remettez votre tête-à-tête à demain et venez faire la fête avec nous... — On s'amusera, parole d'honneur!... — Je vous présenterai à un jeune Russe dont j'ai fait connaissance aux eaux de Téplitz et à d'autres stations thermales, et qui vient passer deux ou trois ans à Paris, pour y mener la grande vie... — Vous trouverez là le petit baron Pascal de Landilly, Grivelle, de Thomeray, d'autres encore, de charmants garçons, très sympathiques, et des femmes aimables, Blanche Taupin, Rita, Lucile Magnin, Alice Stewart, la belle Octavie...

— Octavie, de la rue Caumartin? — s'écria Maurice très intrigué.

— Parfaitement.

— Vous êtes certain qu'elle doit venir?

— J'ai tout lieu de le croire... — Elle a promis...
— Est-ce que vous la connaissez?

— Je connais un peu toutes ces dames.

— C'est juste, cher, et votre modestie vous empêche d'ajouter que toutes ces dames vous appré-
cient... et vous le prouvent... — Bref, nous serons
une vingtaine... — Après le dîner, on taillera un
petit bac... — Décidez-vous... — Nos amis et nos
amies seront enchantés de vous voir... — Allez dé-
commander votre dîner, tandis que j'irai, moi,
m'entendre avec Brébant pour le menu du mien...
— Est-ce chose convenue?

Maurice réfléchit qu'Octavie étant invitée par
M. d'Arfeuilles, trouverait certainement un prétexte pour ne point donner suite à la partie ar-
rangée le matin.

— Eh! bien, oui! — répondit-il. — C'est convenu...

— Bravo! vous êtes un homme charmant...

— A quelle heure le rendez-vous?

— A huit heures moins cinq minutes, car à huit
heures précises les huîtres vertes de Marennes seront seront servies sur table, avec escorte de château-d'yquem sec frappé, précédant les potages
bisque et tortue...

— Je serai exact...

Les jeunes gens échangèrent une nouvelle poignée de main et se séparèrent.

Quoique la liaison de Maurice et d'Octavie fût déjà ancienne, elle était peu connue dans le monde des boulevardiers et des viveurs.

Nous savons qu'Octavie éprouvait pour Maurice une sorte d'amour malsain, mais très réel.

Cet amour ne l'empêchait pas d'éviter de se compromettre avec le pseudo-journaliste et de ne point sacrifier follement les intérêts d'argent aux intérêts de cœur.

C'est très joli d'aimer, — pensent ces demoiselles, — mais, avant d'aimer, il faut vivre. — Donc, au pays de la galanterie, l'homme *utile* a forcément le pas sur l'homme *agréable*.

— Nous allons voir quel mensonge ingénieux Octavie va me débiter... — pensait Maurice en souriant.

Et il se dirigea, sans hâter le pas et en fumant un cigare exquis, vers la maison de la rue de Caumartin.

La belle petite l'attendait.

L'appartement, — que nous nous garderons bien de décrire, sa description ne devant offrir que l'intérêt le plus limité, — était vaste, situé au premier étage, et éclairé par de hautes et nombreuses fenêtres prenant jour, les unes sur le boulevard, les autres sur la rue Caumartin.

L'ameublement offrait un luxe criard et banal, un assemblage de choses très riches dont aucune n'avait de cachet personnel.

La main du tapissier à qui l'on a donné carte blanche se retrouvait dans les moindres détails.

Tableaux suspendus aux murailles, bibelots encombrant les étagères et les vitrines avaient coûté fort cher, mais ne charmaient point par leur heureux choix les yeux d'un artiste ou d'un amateur.

Tout pour l'*effet*, — rien pour le goût.

Octavie était étendue sur une chaise longue dans un petit boudoir capitonné, murailles et plafond, de satin bouton-d'or, et garni de sièges pareils à la tenture.

Elle lisait un roman, fumait une cigarette et bâillait.

Au moment où la porte s'ouvrit pour laisser entrer Maurice, la jeune femme se leva d'un bond, jeta sa cigarette et son volume et sauta au cou du nouveau venu en s'écriant :

— Méchant chéri, comme tu viens tard ! ! — Il y

a plus de deux grandes heures que je t'attends ! !...

— Il ne faut pas m'en vouloir, mignonne... —
J'aurais donné beaucoup pour arriver plus tôt, mais
j'ai dû courir aux quatre coins de Paris... — Enfin
j'ai pu me rendre libre.. Me voici...

Octavie poussa un soupir savamment modulé.

— Qu'est-ce que c'est? — demanda Maurice. —
Y a-t-il donc quelque chose qui ne va pas comme
tu veux?

— J'ai un gros chagrin, mon bébé...

— Toi, mignonne? — A quel propos?

— A ce propos que je comptais passer avec toi
une bonne soirée... — Tu sais comme je m'en réjouissais.

— Je m'en réjouissais aussi, moi... — Est-ce que
ça ne tient plus?...

— Hélas !...

— Je comprends... — Le comte t'a fait prévenir
qu'il viendrait... et Danaé soumise attendra Jupi-
piter...

— Mon petit homme chéri, ce n'est pas ça du
tout... — Il s'agit d'une tout autre affaire...

— Affaire d'intérêt, sans doute? — interrogea
Maurice guettant toujours un mensonge ; et il

s'assit sur une chauffeuse, à l'angle de la cheminée, en face d'Octavie.

— Affaire d'intérêt, oui... — répondit cette dernière. — Tu connais le petit d'Arfeuilles?

— Beaucoup... — Nous sommes liés...

— Eh! bien, tantôt j'ai reçu sa visite...

— Venait-il t'offrir cent mille livres de rente? — fit Maurice en riant.

— Que t'es bête!! — Il ne les a pas, et s'il les avait, il les garderait... — D'Arfeuilles venait tout simplement m'inviter à dîner...

XXIX

— Et c'est là ce que tu appelles une affaire d'intérêt! — s'écria Maurice.

— Parfaitement... — répliqua la jeune femme.

— Tu préfères l'invitation de Guy d'Arfeuilles à
la mienne!!

— Tu sais bien que non...

— Comment le saurais-je, puisque tu me donnes
la preuve du contraire en l'acceptant!!...

— Chien-chien chéri, — dit Octavie d'un ton sérieux, — tu te souviens de ce qui a été convenu
entre nous... — Jamais tu ne dois être un obstacle
à mon avenir...

— Je ne saisis pas le rapport entre le dîner du
vicomte et ton avenir.

— Il est cependant direct.

16.

— Donne-moi le mot de l'énigme...

— Voici : — Le dîner en question aura lieu chez Brébant... — A ce dîner assistera un jeune seigneur russe qui possède, à ce qu'il paraît, trois ou quatre cent mille roubles de revenu, des domaines aussi grands qu'un de nos départements, et je ne sais combien de milliers de serfs... — Ce jeune Russe, arrivé à Paris depuis quelques jours, était au Gymnase l'autre soir... — Je m'y trouvais aussi... — Il paraît que j'ai produit sur lui une impression très vive... — Ayant vu d'Arfeuilles, avec qui il est fort lié, venir causer avec moi dans mon avant-scène, il lui a demandé après le spectacle de le présenter à moi... — La présentation aura lieu ce soir... — Tu vois que mon avenir est en jeu... — Les Russes épousent...

— Très bien, et, — quoique mon cœur en doive souffrir, — je te souhaite de gagner la partie...

— Va, tu seras toujours mon chéri... le plus chéri... le seul chéri... même si je devenais princesse russe...

— Cet espoir me console.

— Le dîner aura lieu à huit heures... Lamouroux doit venir me chercher.

— Qui ça, Lamouroux?

— Eh! tu ne connais que lui... cet ancien sous-officier de cavalerie qui a été maître d'escrime... — Il trouve moyen de se faufiler partout, celui-là, je ne sais pas comment, car c'est un type qui ne me revient guère... — Il est de tous les déjeuners, de tous les dîners, de tous les soupers, de tous les *bacs*, de tous les paris, de tous les duels, on le voit à toutes les premières... et on prétend qu'il n'a pas le sou... — Drôle de bonhomme... — Je crois qu'il donne à d'Arfeuilles des leçons d'armes, de canne, et de boxe française...

— Eh! bien, mon bébé, — dit Maurice, —je vais te faire une grosse surprise.

— Laquelle?... Parle vite...

— Nous passerons quand même la soirée ensemble...

— Bah! tu serais aussi du dîner?

— Je suis du dîner... — J'ai rencontré le vicomte qui m'a invité fort gracieusement et, quand j'ai su que tu serais de la petite fête, j'ai accepté son invitation...

— Alors tu me faisais poser tout à l'heure? — s'écria gaiement Octavie.

— Un peu...

— Bravo!... — Je suis ravie... Mais pas de bê-

tises, hein? — C'est tout au plus ce soir si nous
nous connaissons... Nous n'avons eu que deux ou
trois fois l'occasion de nous rencontrer dans le
monde...

— Sois donc tranquille... Je sais vivre... — Tu
pourras mitrailler le Russe à ta guise... — Autre
chose... — continua Maurice avec une feinte insouciance. — Qu'es-tu devenue en me quittant? —
Qu'as-tu fait de ton après-midi?

— Pourquoi me demandes-tu cela?...

— Curiosité pure...

— Eh! bien, en sortant de chez toi, je suis rentrée...

— Directement?

— Oui.

— Où as-tu déjeuné?

— Ici.

— Alors tu n'es pas allée chez ton joaillier?...

— Chez mon joaillier?... — répéta Octavie d'un
air surpris; puis, se souvenant, elle ajouta : — Ah!
pour ton bouton de manchette que je dois lui
donner à arranger...

— Juste.

— Pas encore... Est-ce que tu voudrais l'avoir

tout de suite... — Je pourrais passer chez le bijoutier en allant dîner.

— Au contraire... j'ai réfléchi...

— Tu ne veux pas que je te fasse faire une bague
de cravate ?

— Non.

— Pourquoi ?

— Parce que cela irait fort mal avec les délicieux
boutons que tu m'as donnés ce matin... — Ce serait disparate...

— Tu as raison... — Je te commanderai une
bague de cravate semblable aux boutons...

— Et tu me rendras le bouton dépareillé ?

— Ah ! non, par exemple... — Je le garderai
comme souvenir... — Ce sera la seule chose que
j'aurai venant de toi...

Maurice était arrivé à très peu de chose près au
but qu'il se proposait d'atteindre.

Le bouton compromettant resterait aux mains
d'Octavie qui ne le montrerait, sans aucun doute,
à personne.

Pour le moment il ne crut pas devoir insister.

— N'en parlons plus... — fit-il... — Puisqu'il te
plaît de le garder, garde-le...

Le jour baissait.

Octavie sonna pour avoir de la lumière.

— Je vais m'habiller, — lui dit-elle ; — toi, tu vas filer...

— Tu me renvoies ?

— Sans la moindre pitié... — D'abord tu dois retourner chez toi mettre la cravate blanche et le sifflet d'ébène... — Et puis j'ai une femme de chambre nouvelle... — Il est inutile qu'elle sache que tu viens ici autrement que comme ami...

— C'est entendu...

— A ce soir, chéri !...

— A ce soir, mignonne !...

Octavie et Maurice échangèrent un baiser, puis la jeune homme s'éloigna, tandis que la belle petite allait se livrer au long et minutieux travail d'une toilette de gala et de conquête.

Lartigues ou le Belge Thermis, comme il nous plaira de l'appeler, en sortant déguisé et absolument méconnaissable de chez Verdier, avait pris, nous le savons, l'omnibus des boulevards et n'était descendu qu'au point d'arrivée, c'est-à-dire à la Madeleine.

Son intention était de trouver un petit hôtel tout meublé et immédiatement habitable, soit à vendre, soit à louer.

Il s'engagea dans le faubourg Saint-Honoré à la recherche de son *desideratum*, Verdier, qui connaissait Paris sur le bout du doigt, lui ayant indiqué ce quartier comme l'un des moins exposés aux investigations de la police, en raison de la fortune habituellement ronde et des mœurs généralement paisibles de ses habitants.

Après avoir battu le quartier pendant deux heures, Lartigues aperçut rue de Suresnes un écriteau placé sur une porte.

Cet écriteau donnait l'indication suivante :

« PETIT HOTEL A LOUER MEUBLÉ. »

» *S'adresser, rue Tronchet, n° ***.* »

— Voilà qui fera très vraisemblablement mon affaire... — se dit le gredin émérite.

Et, sans perdre une minute, il se rendit au numéro indiqué.

L'immeuble de la rue Tronchet appartenait au même propriétaire que le petit hôtel de la rue de Suresnes.

Le concierge était chargé de répondre aux personnes se présentant comme locataires.

Lartigues demanda à visiter.

Son apparence étant celle d'un amateur sérieux et la perspective d'un *denier à Dieu* possible, sinon certain, ne manquant point de charmes, le concierge se mit de la meilleure grâce du monde à sa disposition.

Tous deux gagnèrent la rue de Suresnes, très voisine, on le sait, de la rue Tronchet.

L'hôtel, situé entre une cour minuscule et un jardin lilliputien, était, en effet, fort petit.

Il se composait d'un rez-de-chaussée et d'un premier étage surmonté d'une terrasse à l'italienne, entourée d'une balustrade de tuiles cintrées superposées.

Au rez-de-chaussée trois pièces seulement, et trois pièces au premier étage.

Les cuisines se trouvaient au sous-sol.

Le mobilier, déjà ancien, était bien conservé et suffisamment confortable, mais sans le moindre luxe.

Le jardinet, malgré ses dimensions plus que restreintes, renfermait deux platanes d'une belle venue, qui devaient en été donner une ombre épaisse et qui joignaient leurs feuillages à ceux des grands arbres d'une propriété de la rue de la Ville-l'Evêque, séparée des dépendances de l'hôtel de la rue de Suresnes par une muraille haute de quatre mètres environ.

Dans une encoignure de la muraille se trouvait, presque cachée sous de vieux lierres, une petite porte fermée par de lourds verrous et par une massive serrure.

En faisant le tour du jardin pour se rendre compte de toutes choses, Lartigues aperçut cette ouverture et s'arrêta.

— Tiens! tiens! — dit-il en soulevant à demi le manteau de lierre dont les feuilles larges et luisantes formaient un rideau naturel, — il y a là une porte!

— Oui, monsieur... — Mais elle est condamnée...

— Parbleu! je le pense bien!... — Le fait n'en est pas moins surprenant!... — Expliquez-moi, je vous prie, par suite de quelles circonstances il existait une communication entre cette propriété et la voisine...

— Par une circonstance bien simple, monsieur... — Mon patron, propriétaire du petit hôtel que vous visitez et qu'il habitait autrefois, possède aussi l'immeuble contigu, mais situé rue de la Ville-l'E-vêque... — Tout naturellement il avait fait percer une porte et s'était ménagé la jouissance du grand jardin... — Quand il est parti d'ici, on a condamné la porte, en posant les verrous que vous voyez et qui sont solides...

— Par qui la maison contiguë est-elle habitée?

— Par madame Dubief...

— Qu'est-ce que c'est que madame Dubief?

— Une institutrice... — Elle a fait de l'hôtel, qui est très vaste, un pensionnat de jeunes filles... Oh! un pensionnat honorablement connu... tout ce qu'il y a de plus chic... ça rivalise avec les *Oiseaux* et le *Sacré-Cœur*...

— Ça m'est égal... je n'ai point de filles à mettre en pension... — Rien n'empêcherait, je suppose, si nous tombions d'accord, d'entrer aujourd'hui même en possession du petit hôtel?

— Rien, absolument, monsieur...

XXX

— Quel est le prix de la location? demanda Lartigues.

— Huit mille cinq cents francs... — répondit le concierge.

— C'est cher...

— Ah! monsieur, au prix où sont les terrains dans le quartier, c'est donné...

— On diminuerait au moins cinq cents francs?...

— Monsieur, n'y comptez pas.... — Le propriétaire étant très riche ne fait aucune concession...

— Je donnerai donc le prix demandé.

— Je dois prévenir monsieur que le propriétaire désirera faire un bail...

Ce n'est donc pas vous qui êtes chargé de traiter?...

— De traiter, oui, mais non de terminer.

— Où demeure-t-il, votre propriétaire?

— Rue Tronchet, dans la maison dont je suis concierge.

— Allons le trouver...

— Monsieur est décidé à louer?

— Oui.

— Alors je puis ôter l'écriteau?

— Parfaitement,

— Monsieur veut-il que j'ouvre un peu les fenêtres, malgré le froid, pour donner de l'air?

— Sans doute, et vous prierai, quand j'aurai terminé avec le propriétaire, de revenir allumer du feu dans toutes les pièces.

— Monsieur peut regarder la chose comme faite.

Le concierge ouvrit les fenêtres, tout en laissant closes les persiennes dont elles étaient garnies, et retira l'écriteau fixé dans la rue au-dessus de la porte.

— C'est fait, monsieur... — dit-il ensuite. — Je vais vous conduire chez le patron...

— Le trouverons-nous?

— On le trouve toujours...— Il a la goutte et ne

quitte son lit que pour son grand fauteuil... — Une drôle d'existence pour un particulier si riche, pas vrai, monsieur?

Les deux hommes reprirent ensemble le chemin de la rue Tronchet.

Le propriétaire, un vieillard impotent trois ou quatre fois millionnaire, était assis ou plutôt couché dans son salon, la jambe étendue sur des coussins devant un feu à rôtir un bœuf.

— Je tiens à faire un bail de trois ans... — dit-il quand son concierge lui eut expliqué ce dont il s'agissait.

— Trois ans... — répéta Lartigues. — Est-ce une condition absolue?...

— Oh! absolue.

— Je l'accepterai donc sans discuter, puisque la discussion serait inutile...

Lartigues ajouta, en exhibant son portefeuille et en en tirant des billets de banque :

— Je vais vous payer une année d'avance...

— L'usage à Paris, monsieur, est de ne payer que six mois... — répliqua le propriétaire.

— Je le sais, mais je préfère solder l'année entière... — Je voyage beaucoup... Je puis être absent au moment de l'échéance du terme, et il me

serait fort désagréable d'être accusé d'inexactitude...

— Comme il vous plaira... — Je vais vous donner
un reçu et faire préparer le bail que nous signerons
demain ou après-demain... — Je l'enverrai chez
vous, d'ailleurs, si vous vous installez tout de suite

— Je m'installe aujourd'hui même.

— A merveille... — Veuillez, je vous prie, me
donner vos nom et prénoms...

— Walter Van Broecke.

— Vous êtes Hollandais?

— Oui, monsieur : — ancien capitaine de vaisseau
de la marine royale...

— Comment orthographiez-vous votre nom?

Lartigues tira de son portefeuille un grand papier
plié en huit, le déplia, le tendit à son interlocuteur
et dit :

— Voici mon passeport... — Il répondra lui-même
à la question que vous venez de m'adresser.

Le propriétaire copia les noms et les qualités du
prétendu Van Broeke, et fit un reçu motivé de huit
mille cinq cents francs.

Après avoir serré ce reçu et son passeport, Lartigues prit congé, sortit avec le concierge et lui
glissa cinq louis dans la main.

— Monsieur me comble !... — s'écria le subalterne radieux. — Je cours exécuter les ordres de monsieur en allumant du feu dans toutes les pièces...

— C'est cela même... — Vous rapporterez ensuite ici la clef de l'hôtel... — Je viendrai la chercher dans deux heures...

— Il suffit, monsieur...

Lartigues alla prendre l'omnibus à la Madeleine, descendit à la place de la Bastille et monta pédestrement la rue de Lyon jusqu'au chemin de fer.

Là, il alla droit à *la consigne* d'où il retira, grâce à son bulletin, les colis qu'il y avait déposés et que, d'après son ordre, on mit sur la banquette où se placent les bagages qu'au moment du départ les voyageurs font peser et inscrire.

Le préposé à la consigne n'examina que le bulletin et ne regarda même pas l'individu qui lui le présentait. — Cela fait, il sortit et alla chercher une voiture de place qu'il ramena.

Rentrant alors dans la grande salle, il avisa un facteur du chemin de fer, auquel il enjoignit de prendre ses colis et de les charger sur la voiture.

— Monsieur ne part donc pas ? — demanda le facteur un peu surpris.

— J'arrive au contraire... — J'avais déposé mes bagages à la consigne d'où je viens de les retirer...

Le commissionnaire regarda les malles bariolées d'étiquettes de toutes couleurs indiquant des points de départ, des lieux d'arrivée et des noms d'hôtels. — L'assertion du voyageur lui parut vraisemblable ; — il chargea les malles, reçut une pièce de quarante sous et salua jusqu'à terre.

— Où allons-nous, bourgeois ? — fit le cocher.

— Rue de Bondy, numéro 9...

La voiture partit.

Une demi-heure plus tard, elle s'arrêtait devant la porte cochère largement ouverte du numéro 9.

Lartigues descendit et, avec l'aide du cocher, il déchargea ses malles qui furent placées sous la voûte.

Le cocher, largement payé, s'éloigna.

Le pseudo Jules Thermis connaissait de longue date la maison qu'il avait indiquée.

Il savait que la loge du concierge se trouvait au premier étage et que rien ne viendrait entraver la réussite du projet qu'il avait conçu.

En sortant de l'hôtel des Pays-Bas, il s'était donné pour tâche de rendre sa piste introuvable pour les limiers de la police, si par aventure ils s'avisaient de la chercher.

Les manœuvres auxquelles nous venons de le voir se livrer étaient tout simplement la mise en action de son plan.

Aussitôt le cocher parti et hors de portée de la voix, Lartigues appela un gamin qui passait dans la rue en sifflant la *Marseillaise*.

— Mon petit homme, — lui dit-il, — va me chercher un fiacre et tu auras quarante sous...

Le gamin, électrisé par la promesse d'une pièce blanche représentant pour lui des plaisirs infinis, se dirigea en courant à toutes jambes vers la plus proche station, pour faire droit à la requête du généreux inconnu.

En ce moment la concierge, allant en course aux environs, descendait l'escalier.

Elle vit les bagages sous la voûte de la porte cochère et s'approcha curieusement du voyageur qui les gardait.

— Est-ce que vous venez pour quelqu'un de la maison, monsieur? — demanda-t-elle.

Prévoyant la question qui venait de lui être adressée, Lartigues avait préparé sa réponse; aussi répliqua-t-il sans se déconcerter :

17.

— Mon Dieu non, madame... je ne viens pour personne et voici ce qui m'arrive : — j'avais fait charger mes bagages sur une voiture, au chemin de fer d'Orléans, pour aller rue Tronchet... — Le cocher, une vraie brute, s'est mis, chemin faisant, à me chercher querelle en jurant qu'il n'achèverait pas une course si longue... — J'ai l'horreur des discussions... — J'ai donc fait décharger mes bagages ici, pour avoir la paix, et je viens de prier un enfant qui passait d'aller me chercher une autre voiture.

— Oh ! ces cochers !... — s'écria la concierge en haussant les épaules, — quelle graine !...

— Il y en a de bons...

— Parbleu ! Témoin Loriot, le cocher du fiacre numéro 13, mais il y en a encore plus de mauvais... — Si j'avais été à votre place, je l'aurais fait marcher, moi, et tout de *go !* Et plus vite que ça !...

— J'en aurais eu certainement le droit, mais c'est bien ennuyeux, les querelles... et puis cet homme pouvait me jouer un mauvais tour... — On est si embarrassé quand on ne connaît point Paris...

— Ah ! monsieur est étranger ?...

— Oui, madame...

Comme ces derniers mots s'échangeaient, le gamin revenait avec un véhicule.

Lartigues lui remit les quarante sous et il s'éloigna radieux, en chantant à plein gosier :

« Marchons !... Marchons !...
« Qu'un sang impur, abreuve nos sillons ! »

La concierge, — une solide gaillarde, — offrit au sympathique voyageur de l'aider à charger ses malles sur la voiture.

Il accepta cette offre, remit à la bonne femme une preuve de sa munificence, et monta dans le fiacre en disant au cocher :

— Rue Tronchet.

— Quel numéro ?

— Vous vous arrêterez au coin de la rue.

Le cocher fit halte à l'endroit désigné.

Lartigues descendit et alla chercher la clef du petit hôtel chez la concierge du propriétaire.

La femme était seule dans la loge.

— Est-ce que votre mari n'est point de retour ? — lui demanda-t-il.

— Non, monsieur... — Il a pensé que, rapport au feu, il valait mieux ne pas laisser la maison seule... — (il y a tant d'incendies cette année !) — et il vous attend rue de Suresnes...

XXXI

Lartigues alla rejoindre la voiture qui l'attendait et qui, trois minutes plus tard, faisait halte à la porte de la nouvelle demeure.

Il mit pied à terre et sonna.

Le concierge de la rue Tronchet vint lui ouvrir, déchargea les malles et les transporta dans l'intérieur du petit hôtel.

— Monsieur veut-il que je prépare son lit et que je mette tout en ordre dans le cabinet de toilette ? — demanda-t-il ensuite.

— C'est inutile...

— Cependant monsieur ne peut faire son ménage lui-même...

— Non, certes, mais j'attends un domestique que doit m'envoyer d'un moment à l'autre un de mes amis, et naturellement il se chargera de la besogne...

— Bien, monsieur... — A tout hasard, et songeant que la nuit vient vite à cette époque de l'année, j'ai pris un paquet de bougies pour le compte de monsieur, et j'ai garni tous les flambeaux...

— Excellente précaution dont je vous sais gré.

— En outre, — poursuivit le concierge, — ignorant si monsieur brûlera du charbon de terre, j'ai fait apporter deux cents de bois pour les cheminées... — J'espère que monsieur m'approuvera...

— Non seulement je vous approuve, mais je vous remercie...

— Monsieur n'a plus besoin de moi ?

— Non, et aussitôt que je vais vous avoir remboursé vos avances, vous pourrez vous retirer...

Le concierge rentra dans les petites sommes payées par lui pour le bois et pour la bougie, remit les clefs au nouveau locataire, affirma qu'il serait toujours heureux de se tenir à sa disposition, et regagna sa loge.

Presque derrière lui Lartigues sortit pour se

rendre rue de Vendôme chez Verdier afin de lui donner son adresse.

Après avoir écrit un mot à Maurice Vasseur, rue de Navarin, il demanda au faux abbé Méryss :

— Et mon domestique?

— Il sonnera à la porte à sept heures précises... — je vais le prévenir.

— Je puis me fier à lui ?

— Comme à moi-même.

— Pas curieux ?

— La discrétion même.

— Pas bavard ?

— Il est muet.

— C'est parfait... — A sept heures je serai rue de Suresnes... — Viens-tu dîner au restaurant avec moi ?

— Non. — Il est de la plus haute importance qu'on ne nous voie jamais ensemble... — Quand tu auras à me parler, tu viendras ici... quand j'aurai à t'entretenir, j'irai chez toi...

— Convenu...

— A bientôt...

— Oui, à bientôt...

Les deux complices échangèrent une poignée de main et se séparèrent, l'un pour mettre à la poste

la lettre qu'il venait d'écrire et dîner ensuite,
l'autre pour aller chercher le domestique du ci-
devant capitaine de vaisseau Van Broecke.

A six heures trois quarts Lartigues rentrait chez
lui.

A sept heures moins une minute la sonnette de
la porte d'entrée retentit.

Le nouveau locataire du petit hôtel alla ouvrir
et se trouva en face d'un garçon de bonne mine,
vêtu comme un domestique de maison bourgeoise
en petite tenue.

Ce grand garçon lui présenta une ardoise sur
laquelle étaient écrits ces mots :

*Je m'appelle Dominique. — Je ne suis pas sourd,
mais je suis muet. — Je suis envoyé à monsieur Van
Broecke par monsieur l'abbé Méryss pour le servir en
qualité de valet de chambre, et je le satisferai de mon
mieux.*

— Entrez, Dominique, et prenez votre service...
— dit Lartigues après avoir lu.

Dominique, âgé de trente ans environ, et muet
de naissance, était intelligent, actif, et se recom-
mandait en outre par une force musculaire prodigieuse.

Son nouveau maître le mit en quelques mots au courant de ce qu'il aurait à faire dans la maison.

Le domestique répondit par signes qu'il avait compris, déboucla les malles, rangea leur contenu dans les tiroirs des meubles de la chambre à coucher, mit des draps au lit, fit la couverture, jeta du bois sur le feu, formula, grâce à une pantomime expressive cette question : — *Monsieur n'a plus besoin de moi?* — reçut une réponse négative, se retira et gagna la chambre qui lui avait été désignée comme devant lui servir de logement.

Vers dix heures du soir, le capitaine Van Broecke se mit au lit, désireux d'y trouver le repos dont il avait besoin après cette journée pleine d'émotions de toute nature.

★
★ ★

Vers sept heures et demie le vicomte Guy d'Arfeuilles s'était rendu chez Paul Brébant, généralement connu, dans le monde des boulevardiers, sous le nom de *Restaurateur des lettres...*

Il serait juste d'ajouter : *et des arts*, car les artistes, aussi bien que les écrivains, sont les clients fidèles de ce cabaret *di primo cartello*, également cher aux gommeux, aux boursiers, aux belles petites, c'est-à-dire à tout Paris.

M. d'Arfeuilles était un joli garçon de vingt-huit à vingt-neuf ans, très lancé dans le monde où l'on s'amuse, clubman, sportsman, célibataire endurci, assidu aux courses, ne manquant jamais une première représentation, bien né d'ailleurs et bien élevé, parfaitement honorable, suffisamment riche, ne gaspillant pas sa fortune et désireux de ne se point ruiner, tout en menant la vie à grandes guides.

Il avait commandé un dîner de vingt couverts dont le menu, fait en collaboration avec Brébant lui-même, était non seulement confortable, mais curieux et original.

La table était dressée dans la grande salle à laquelle servent d'annexes un salon de réception et un cabinet de toilette à l'usage des jolies personnes qui désirent, avant dîner, jeter un coup d'œil à leur coiffure et se rafraîchir les joues avec un nuage de veloutine.

Le vicomte d'Arfeuilles arrivait le premier pour recevoir les convives et pour s'assurer qu'on n'avait mis en oubli aucune de ses recommandations.

Tout était en bon ordre.

Les vins des grands crus bordelais s'échauffaient doucement, de manière à se trouver juste au degré de la température ambiante.

Les vins de Champagne des marques illustres, en tête desquelles marchait le G-H. Muümm, se frappaient en sorbets dans les rafraîchissoirs.

Partout des fleurs.

Les cent bougies de dix candélabres faisaient étinceler, sur la blancheur du linge de Saxe, les cristaux et les argenteries.

Huit heures sonnèrent.

Un couple fit son entrée, puis deux, puis trois.

Guy d'Arfeuilles recevait avec une grâce parfaite et une courtoisie de gentleman.

Maurice fut un des premiers arrivés.

Son titre de pseudo-journaliste, attaché à une feuille venimeuse et quelque peu pornographique, lui valut d'être entouré par les dames qui voulaient savoir les nouvelles, et surtout les scandales du jour.

Non sans esprit Maurice raconta quelques menus faits des plus scabreux.

Il obtint un succès flatteur dont il ne s'enorgueillit pas outre mesure.

On attendait toujours le jeune Russe qui devait

être le héros de la fête, puisque le dîner de Guy d'Arfeuilles était donné en son honneur, mais on l'attendait sans la moindre impatience en dégustant des apéritifs placés sur une console avec des carafes frappées.

Octavie fit son apparition au bras du personnage dont nous avons entendu déjà parler sommairement, Lamouroux, ex-sous-officier de cavalerie, professeur d'escrime, de canne, de chausson et de boxe française.

Ce personnage avait de grands traits réguliers, le teint bronzé, les cheveux noirs, très épais, coupés en brosse, de longues moustaches également noires dont la pommade hongroise raidissait les extrémités, et qui semblaient lui partager la figure en deux.

Il portait un habit noir à larges revers très évasés, encadrant un gilet à un seul bouton, ouvert sur la chemise au plastron bombé et éblouissant.

Le ruban de la médaille militaire illustrait une des boutonnières de l'habit.

Un pantalon large à la cosaque, faisant des plis nombreux sur la botte vernie qui chaussait un assez joli pied, complétait la toilette de l'ex-soudard.

C'était en somme un fort beau gars que ce Lamouroux, mais il manquait absolument de distinction, et tels étaient le laisser aller de ses allures, la vulgarité de ses manières, qu'on ne s'expliquait point sa présence dans le milieu très élégant où nous le trouvons.

— Battez un ban, messieurs ! — s'écria-t-il en franchissant le seuil du salon. — Je vous amène la belle des belles !

Les hommes applaudirent, mais les femmes firent la moue, l'épithète de *belle des belles*, décernée à la nouvelle venue, impliquant pour elles une situation d'infériorité qu'elles n'acceptaient pas le moins du monde.

Maurice, veillant sur lui-même dans un but qui nous est connu, n'échangea avec sa maîtresse qu'une poignée de main banale, accompagnée d'un regard d'une indifférence voulue.

Octavie promena les yeux autour d'elle et, ne voyant que des visages de connaissance, demanda :

— Eh bien, et le boyard ? car il me semble qu'on a parlé d'un boyard... — Qu'est-ce que vous en avez fait, d'Arfeuilles ?

— Il devrait être ici déjà... — répondit le vicomte. — Son retard m'étonne et m'inquiète presque, car l est l'une de vous, mesdames, à laquelle il avait hâte de faire la cour... — S'il n'est pas arrivé dans cinq minutes, je l'enverrai chercher.

M. d'Arfeuilles n'eut point cette peine.

La porte du salon s'ouvrit, et dans l'encadrement parut un grand jeune homme d'une tournure aristocratique et d'une irréprochable élégance.

Le baron alla vivement à lui.

— Bonsoir, cher comte... — dit-il en lui serrant la main ; — soyez le bien accueilli !

Puis, conduisant le nouveau venu près de la maîtresse de Maurice, il ajouta :

— Ma chère Octavie, permettez-moi de vous présenter le comte Yvan Smoïloff, mon ami et votre admirateur passionné.

XXXII

Yvan Smoïloff pouvait avoir vingt-cinq ans.

Il était grand, très mince, et son visage, couronné par une chevelure blonde et encadré de favoris blonds, offrait une régularité de traits merveilleuse et une distinction incomparable.

Ses yeux, d'un bleu presque noir, semblaient très beaux et très doux, quoique à demi cachés par les verres d'un pince-nez qu'il portait sans cesse, ayant la vue faible.

Octavie salua, sourit, et tendit sa main au comte qui la prit et la pressa contre ses lèvres avec une galanterie si vive qu'un nouveau sourire vint aux lèvres de la jeune femme.

M. d'Arfeuilles procéda rapidement aux autres présentations.

Dès qu'elles furent terminées, le Russe revint à Octavie.

— Me croirez-vous, madame, — lui dit-il avec un accent étranger qui n'était point sans grâce, en l'entraînant dans l'embrasure d'une fenêtre ; — me croirez-vous si je vous affirme que ce moment est le plus heureux de toute ma vie ?...

— Le plus heureux de votre vie? — répéta la pécheresse en jouant la surprise.

— Oui.

— Pourquoi?

— Parce que je suis près de vous...

Octavie modula un éclat de rire perlé.

— Alors je me garderai bien de vous croire... — répliqua-t-elle ensuite.

— Vous doutez de ma parole !! — s'écria le comte.

— Absolument... et si j'y croyais, cher monsieur, vous auriez bien raison de me trouver absurde ! — Voyons, là, sincèrement, vous ne pouvez être si heureux que ça près de moi... Vous ne me connaissiez pas il y a cinq minutes..

— Je ne suis à Paris que depuis huit jours, —

répondit Yvan, — et je vous ai déjà vue trois fois...

— Vrai ?

— Je vous en donne ma parole d'honneur. — La première fois je vous ai admirée... — la seconde je vous ai aimée...

— Si vite ! ! — interrompit Octavie avec un nouvel éclat de rire.

— Vous savez bien qu'il suffit parfois d'une étincelle pour allumer un incendie, et d'un regard pour embraser un cœur... — A notre troisième rencontre, je vous ai adorée.

— Et à la quatrième, qui est celle de ce soir ? — demanda la jeune femme toujours un peu moqueuse ; — à la quatrième, qu'arrive-t-il ?

— Il arrive que vous me rendez fou et que je suis absolument votre esclave...

— Bah ! dans votre pays, les esclaves, on les émancipe...

— Oui, mais je veux conserver ma chaîne, moi... — Acceptez-vous d'être ma suzeraine ?...

— Suzeraine, en bon français, ça veut dire dame et maîtresse... C'est sérieux... il faut réfléchir... — Nous en recauserons...

La coquette accompagna ces paroles d'un regard si parfaitement encourageant que le comte

Smoïloff frisa sa moustache et se dit que le paradis rêvé s'ouvrirait bientôt pour lui.

Maurice suivait du coin de l'œil le manège d'Octavie.

— Elle est d'une très jolie force... — pensait-il ; — à cette heure elle tient le Russe et fera de lui ce qu'elle voudra... sauf un mari cependant...

Les femmes s'étaient informées tout bas de la fortune du comte Yvan et, en apprenant qu'il possédait une demi-douzaine de millions, elles enviaient la chance d'Octavie et déchiraient à belles dents cette rivale trop heureuse.

Un maître d'hôtel très correct vint annoncer avec solennité que le dîner était servi.

— Sommes-nous au complet ? — demanda M. d'Arfeuilles.

— Il manque Pascal... — répondit mademoiselle Adèle de Civrac, née Greluche, que nous avons présentée à nos lecteurs ici même, dans un autre récit : le *Médecin des folles*, ainsi que son ami le petit baron Pascal de Landilly.

— Landilly est un charmant garçon, mais l'ange de l'inexactitude... — répliqua le vicomte. — Nous le prendrons quand il viendra... D'ailleurs il serait au désespoir qu'on fît attendre ces dames à cause de lui... — Donc, à table...

Chacun des invités du baron offrit son bras à une invitée; les couples passèrent dans la vaste salle où le couvert était mis et prirent place à leur fantaisie autour de la table.

Il nous paraît superflu d'affirmer que le comte Yvan, placé en face de l'amphitryon, avait pour voisine Octavie.

Le début d'un repas est habituellement silencieux.

Tout le monde ayant faim, on s'absorbe dans le premier assaut livré soit aux huîtres, soit aux potages, soit aux hors-d'œuvre.

Il en fut ce soir-là comme d'habitude mais la période silencieuse ne dura qu'un instant, l'animation commença presque aussitôt, grâce au château-d'yquem sec, accompagnant les huîtres, et les dialogues particuliers se mêlèrent à la conversation générale.

A neuf heures moins le quart le petit baron Pascal de Landilly n'était pas encore arrivé.

Nous devons ajouter qu'Adèle seule s'en apercevait.

Enfin la porte de la salle s'ouvrit.

Pascal parut, — il semblait gelé.

Il avait le chapeau sur la tête.

Il était enveloppé dans un pardessus doublé de fourrure qui faisait deux fois le tour de sa maigre personne.

Sa figure disparaissait aux trois quarts sous un énorme cache-nez.

Son monocle éternel semblait vissé comme de coutume dans l'arcade sourcilière de son œil droit.

Un hourra général, entrecoupé d'éclats de rire, accueillit son apparition.

— Arrivez donc, retardataire ! — lui cria d'Arfeuilles. — Nous commencions à ne plus compter sur vous... — Pourquoi diable vous mettez-vous en retard de cette façon? — On va vous apporter des huîtres...

Pascal abaissa le cache-nez sous les plis duquel sa bouche était engloutie, il agita son bras droit comme une nageoire, toussa deux fois et répondit d'une voix éteinte :

— Million d'excuses, mes excellents bons... — Très en retard, parbleu ! le sais bien, mais circonstances plus qu'atténuantes... — Quand vous con-

naîtrez motifs du retard vous ne m'en voudrez pas
et vous déclarerez que c'est épatant...

Tout en disant ce qui précède, Pascal se laissait
débarrasser par un garçon de service de son chapeau, de son cache-nez, de son pardessus, et sortait de cette lourde enveloppe en tenue de soirée,
pantalon noir, gilet en cœur, cravate blanche et
sifflet d'ébène.

Le petit baron était bien changé depuis l'époque
où, dans le *Médecin des folles*, nous l'avons présenté
à nos lecteurs.

A cette époque il arrivait de province et faisait
ses débuts dans l'existence des viveurs.

· Depuis lors, il avait usé, hélas ! et même abusé
de la vie parisienne et de ses plaisirs, au grand dé-
triment de sa santé.

Il semblait maintenant l'ombre de lui-même.

Son corps frêle offrait une maigreur indescrip-
tible.

Ses joues creuses et blafardes avaient une tache
rouge sur chaque pommette.

Un large cercle de bistre entourait ses yeux caves
et donnait à son visage une apparence navrante de
dépérissement.

De minute en minute une petite quinte de toux sèche lui coupait la parole.

Bref, à le voir et à l'entendre, on ne lui aurait pas donné quinze jours à vivre, ce qui ne l'empêchait pas de se dire, et même, nous l'affirmons, de se croire un gaillard solide.

— Qu'est-ce qui est épatant, baron ? — lui demanda Maurice.

— Avez-vous récolté un duel ? — fit vivement Lamouroux. — Alors nous travaillerons ensemble demain matin... — Ah ! pécaïre, je vous enseignerai le coup du commandeur... c'est ce coup-là qui est épatant !

Pascal eut une quinte et répondit :

— Point ne s'agit d'un duel...

— De quoi donc alors ?

— D'un crime... ou plutôt de deux crimes...

— De deux crimes... — répétèrent plusieurs voix autour de la table.

— Oui, mes excellents bons... quelque chose de stupéfiant, d'obéliscal, de catapultueux... et je m'y connais... Quand on a eu un ami guillotiné... Vous vous souvenez à Melun... ce pauvre Fabrice Leclère... une affreuse canaille d'ailleurs, mais un bien charmant garçon... on doit se connaître en

18.

crimes (1). C'est très chic, vous savez, d'avoir eu un ami guillotiné...

Maurice Vasseur avait involontairement tressailli et son visage était devenu un peu plus pâle que de coutume.

Il devinait sans peine de quoi il allait être question.

— Sapristi, Pascal, arrivez donc au fait ! — cria l'amphitryon. — Vous voyez bien que ces dames sont sur les épines...

Le petit baron reprit :

— J'y arrive, au fait... — Voici la chose... Je dégustais mon absinthe au café des Variétés, et je me disposais, mes excellents bons, à venir vous rejoindre, quand mon attention fut attirée par quelques mots que deux consommateurs prononçaient à côté de moi... — Je prêtai l'oreille et je ne songeai plus à partir...

— De quoi parlaient-ils donc, ces consommateurs si intéressants ?

— Du double crime, parbleu !...

— Où et quand a-t-il été commis, ce double crime ?

— A Paris, cette nuit... — On a trouvé ce matin,

(1) Le *Médecin des folles.* Dentu, éditeur.

à la Chapelle, rue Ernestine, dans une voiture de remise, le cadavre d'un homme assassiné, et dans le tombeau d'une famille russe, au cimetière du Père-Lachaise, le cadavre d'une femme également assassinée...

En entendant cette dernière phrase le comte Yvan, qui semblait s'absorber en une conversation très intime avec Octavie, avait subitement levé la tête, tandis qu'un petit frisson courait sur son épiderme.

— Au Père-Lachaise !... — s'écrièrent les femmes avec terreur.

— Dans un tombeau !! Est-ce possible ?... — ajouta la belle Octavie très émue.

— Oui, mesdames, — appuya Pascal de Landilly, — dans un tombeau parfaitement bien... — Est-ce assez monumental, hein !

Maurice jouait la distraction, mais il écoutait, les sourcils froncés.

— C'est dans le tombeau d'une famille russe, avez-vous dit, monsieur? — demanda le comte Yvan.

— Oui, monsieur...

— Savez-vous le nom de cette famille ?

Pascal secoua la tête.

— On ne l'a pas prononcé... — répondit-il.

XXXIII

— Allons, allons, mon bon Pascal, — dit le vicomte d'Arfeuilles, — votre anecdote me fait l'effet
d'un canard de haut vol... —Elle est trop dramatique pour être vraisemblable...

— Pas du tout ! — répliqua le petit baron. — Le
doute est impossible, mon très cher... — Les deux
causeurs donnaient des détails circonstanciés.

— Mais alors il doit être question de cela dans
les journaux du soir...

— C'est bien possible.

— Nous allons nous en assurer.

Un maître d'hôtel reçut l'ordre d'aller chercher
un journal et presque aussitôt apporta la *France*.

D'Arfeuilles déploya le numéro et le parcourut des yeux.

— M'y voici... — dit-il.

Et il lut à haute voix la note suivante placée sous cette rubrique imprimée en gros caractères :

LE CRIME DU PERE-LACHAISE

DOUBLE ASSASSINAT

« Paris a été la nuit dernière le théâtre d'un double crime, d'autant plus effrayant qu'il est plus mystérieux.

» Ce matin, à l'heure même où des ouvriers marbriers se rendant à leur travail au cimetière du Père-Lachaise, et étonnés de voir un filet de sang couler sous la porte de bronze du tombeau d'une famille russe, trouvaient dans ce tombeau une femme tuée à coups de poignard, le palefrenier d'un loueur de voitures de la rue Ernestine, — (quartier de la Chapelle), — découvrait dans une voiture rentrée pendant la nuit le cadavre d'un homme assassiné.

» Le parquet et la préfecture, aussitôt avisés, ont fait une descente immédiate dans les deux endroits.

» Il résulte de la double enquête habilement conduite que le double crime a dû être commis par le même misérable.

» Des indices sûrs permettent de suivre la trace de ce scélerat, qui sera bientôt aux mains de la justice. »

Pendant cette lecture Maurice sentait une sueur froide perler sur son front et mouiller la racine de ses cheveux. — Sa respiration s'arrêtait dans sa gorge haletante, mais il avait une volonté de fer et trouvait le moyen de dissimuler à tous les yeux, à force d'énergie, un trouble capable de le trahir.

— Qu'ai-je à craindre, après tout? — se demanda-t-il en reprenant peu à peu son sang-froid. —Absolument rien... — Ces indices dont on parle n'existent pas... — Je n'ai rien laissé derrière moi... Il est impossible de suivre ma trace...

— Douterez-vous encore, après cela, mes excellents bons ? — s'écria Landilly triomphant. — Vous voyez bien que j'avais raison, et que mes *racontars* étaient l'expression stricte de la vérité la plus littérale.

— Personne ne songe à le nier, mon cher baron, — répondit d'Arfeuilles ; — mais vous auriez infiniment mieux fait de les garder pour vous, vos racontars... — Ils ont produit sur ces dames la plus

triste impression... — Que nous importent des
crimes, effroyables à coup sûr, mais dont nous ne
connaissons pas les victimes ? ... — On prendra
l'assassin, on le jugera, on le condamnera, on le
guillotinera, il ne l'aura pas volé et tout sera pour
le mieux dans le meilleur des mondes... — Au diable les faits-divers lugubres ! — Buvons, mes bons
amis, à la santé du comte Yvan, et TOUT A LA JOIE,
comme dit Farbach !

Ce petit speech fut généralement apprécié par
les convives de M. d'Arfeuilles.

On porta la santé du jeune Russe, désireux de se
transformer en boulevardier parisien, et qui,
sombre un instant et le front chargé de nuages,
reprit bien vite sa physionomie habituelle en répondant aux toasts portés en son honneur.

Octavie, du reste, ne lui laissait point le temps
de se livrer à des pensées sombres. Elle l'enguir-
landait avec un art féminin tout à fait de premier
ordre dans ses coquetteries transcendantes, et s'ef-
forçait d'attiser le feu qu'elle croyait fermement
avoir allumé dans son cœur.

Le dîner redevint d'une gaieté folle.

Vers deux heures du matin, quand on passa au
salon transformé en salle de jeu, plusieurs des

convives de Guy d'Arfeuilles avaient la langue épaisse, les yeux rapetissés et brillants, et marchaient comme sur le pont d'un navire secoué par le roulis.

La partie de baccarat fut nerveuse, ainsi qu'il arrive toujours entre jeunes gens légèrement surexcités.

Il se fit *des différences* de cent mille francs.

Le combat ne finit qu'à cinq heures du matin.

Maurice, favorisé par une chance persistante, gagnait une douzaine de mille francs.

Le comte Yvan s'était assis d'abord comme tout le monde à la table de jeu, mais il semblait n'éprouver, ce soir-là, qu'une indifférence profonde à l'endroit de la dame de cœur et de la dame de pique, et bientôt il avait abandonné les cartes pour s'asseoir auprès d'Octavie sur le divan, dans un angle du salon, et entamer une conversation galante que la jeune femme se garda bien d'interrompre, et dans laquelle elle donna savamment la réplique au Russe.

— Me permettrez-vous de vous reconduire ?... — demanda ce dernier au moment où la partie finissait et où par conséquent les convives allaient se séparer.

Non... pas ce matin, cher comte... répondit la coquette en minaudant.

— Pourquoi ?

— Ce serait trop tôt.

— Quand, alors ?

— Plus tard...

— C'est trop vague... — Sera-ce bientôt ?

— Bientôt, oui, je vous le promets...

— Où vous reverrai-je ?...

— Je ne sais...

— Eh bien ! je le sais moi... ce sera ce soir... ici même...

Octavie allait répondre.

Le Russe ne lui en laissa pas le temps.

— Mesdames et messieurs, — dit-il avec l'accent étranger qui rendait sa parole originale, — mon ami le vicomte d'Arfeuilles m'a fait l'honneur de me présenter à vous, ce dont je suis et serai, donc déjà, toujours reconnaissant... — Nous venons de passer ensemble, grâce à lui, quelques heures qui m'ont paru charmantes et trop courtes, et que j'ai hâte de renouveler... — Après avoir été l'invité, permettez-moi de devenir l'hôte ; faites-moi la joie, mesdames, faites-moi l'honneur, messieurs, de vous réunir à moi ce soir, à huit heures, ici...

— Un refus me désolerait, je vous en préviens.

Ce refus n'était point à craindre.

L'invitation du comte Yvan fut acceptée par acclamation.

Les femmes s'enveloppèrent ensuite dans leurs pardessus. Octavie s'approcha de Maurice et lui glissa dans l'oreille ces mots :

— J'irai te voir à cinq heures.

— Entendu... — répondit Maurice. — Est-ce que le Russe te mène chez toi ?...

— Ah ! non, par exemple ! — C'est ça qui serait maladroit pour me faire épouser...

— Qui donc te reconduira ?

— Lamouroux... — Le bonhomme est peu compromettant.

Le vicomte d'Arfeuilles et le comte Yvan étaient restés les derniers dans le salon désert.

— Alors, — demanda le Français au Russe, — vous voilà tout à fait épris de la belle Octavie ?...

— Donc déjà, ne croyez pas cela, mon cher... — répondit Yvan.

— Vous avez voulu lui être présenté, cependant ; et vous vous êtes posé toute la nuit en adorateur passionné...

— Parfaitement... — C'est une jolie fille, cette

Octavie... — Elle me plaît comme un beau camélia que l'on cueille et que l'on met à sa boutonnière... — On n'est pas amoureux du camélia... — De même façon je mettrai Octavie à ma boutonnière, je ferai d'elle une femme tout à fait chic, sans être amoureux le moins du monde... — Question d'amour-propre, mais non d'amour...

— Vous savez qu'elle vous coûtera beaucoup d'argent ?

Yvan fit un geste plein d'insouciance.

— Tant mieux, — répliqua-t-il, — je la défie bien de me ruiner... je suis fort riche...

Les deux jeunes gens descendirent ensemble. — Sur le trottoir du boulevard Poissonnière ils se quittèrent. — Le temps étant très froid et très sec, M. d'Arfeuilles, qui demeurait rue de Provence, allait à pied jusque chez lui.

Le comte Yvan montait dans une voiture qui toute la nuit l'avait attendu, et se faisait conduire au Grand-Hôtel où il avait élu domicile en attendant qu'il eût à Paris une installation sérieuse.

En se déshabillant et en se mettant au lit, il ne pensait pas le moins du monde à la belle Octavie, mais au racontar du petit baron Pascal de Landilly et au fait divers du journal la *France !* qui lui avaient causé une vive émotion, dont nous ne tarderons pas sans doute à connaître la cause.

Il s'endormit en se promettant d'aller aux renseignements le jour même au Père-Lachaise, et son sommeil fut agité, peuplé de mauvais rêves et de visions sanglantes.

Maurice, la poche bourrée de billets de banque, avait jugé prudent de regagner en fiacre la rue de Navarin.

Chemin faisant, il se disait :

— Ah ! la police se prétend sur les traces du meurtrier ! — Et il y a des gens à qui il suffit de le lire pour le croire... — Les niais ! ! — Ces formules administratives, ces phrases clichées, ces malices cousues de fil blanc, ne sont bonnes qu'à duper les jobards !... — Cherchez, cherchez, mes braves gens ! — Vous chassez un gibier plus malin que vous !... — Vous ferez buisson creux et reviendrez bredouille !

Maurice était brisé de fatigue.

Deux minutes après avoir posé sa tête sur son oreiller, il dormait d'un lourd sommeil.

FIN DU PREMIER VOLUME

F. Aureau. — Imprimerie de Lagny.